굿바이 내사랑
스프라이트

굿바이 내사랑
스프라이트

마크 레빈 지음 | 김소향 옮김

행복우물

우리들의 사랑을 간절히 기다리고 있는
나의 개와,
당신의 개와,
모든 사람들의 개에게
이 책을 바칩니다.

목차

책 머리에,

나의 개 스프라이트의 이야기로 책을 낼 거라고 누가 상상이나 했을까? 이 책은 나의 또 다른 개 펩시와 그리펜의 이야기이기도 하다.

개를 사랑하는 사람들은 모두 자신들만의 개 이야기가 있고, 이것은 나의 이야기이다.

지금껏 살아오면서 난 큰 목표와 거창한 계획들에 열정을 쏟아왔다. 법적 문제를 다루는 변호사나 방송인으로, 정부 정책에 관한 논문을 쓰고 시사문제를 논하는 것이 나의 주

된 업무였다. 나는 레이건 행정부에서 고위직으로 일을 했었고 대법원에 관한 책을 집필하기도 했다. 그런 내가 왜 뜬금없이 강아지 책을 내느냐고? 왜냐하면 그것은 무엇보다도 난 개를 사랑하는 사람이니깐. 솔직히 말하자면, 내가 지금껏 개를 키우면서 느낀 희열과 심적 고통은 삶속에서 느낀 그 어떤 감정과도 비교할 바가 아니었다. 그리고 특히 지역 동물보호소에서 구출해 온 나이든 개 한 마리와 함께하며 느낀 환희와 쓰라림은 더욱 남다른 바 있었다. 우리는 그 개를 스프라이트라고 이름 지었다.

어느 날 스프라이트는 메릴랜드의 실버 스프링 거리를 배회하고 있었다. 개가 가족을 잃어버렸거나 아니면 가족이 이 개를 버렸을 것이다. 스프라이트는 지역 동물보호소로 보내졌고 입양가족을 기다리는 동안 양부모에게 넘겨졌다.

스프라이트는 정말 예뻤다. 댕글댕글한 눈에 부드러운 털은 내가 지금껏 만져본 털 중 제일 감촉이 좋았다. 여러분도 곧 알게 되겠지만, 스프라이트는 심각한 퇴행성관절염을 앓고 있었다. 그럼에도 불구하고 녀석은 기품과 품위를 지닌 개였다. 또한 사람이거나 강아지거나 모두에게 살갑게 대했다.

스프라이트는 내가 전혀 예상치 않았던 여러가지 면에서 나를 감동시켰다. 녀석은 내게 작은 것에 감사하는 것과 삶에서 무엇이 더 소중한가를 가르쳐 주었다. 어느덧 녀석은 우리 식구의 소중한 일원이 되었고 우리 동네 터줏대감이 되었다. 절망적인 건강상태에도 불구하고 언제나 활기가 가득했으며, 살아 있음을 항상 감사했다. 이 지구에서 주어진 시간이 그리 길지 않을 거라는 사실을 알고 있는 듯, 녀석은 매 순간 순간을 소중히 여겼다.

나는 녀석을 정말 좋아했다. 이 글을 쓰는 동안 목이 메이기도 하고 동시에 연민을 느끼기도 한다. 당신도 이 이야기를 읽다보면 어느덧 이야기 속으로 깊숙이 빠져 들어가는 자신을 보고는 놀라워 할 것이다. 물론 간간이 눈시울이 뜨거워질지도 모르겠다. 마지막 장을 덮고, 자신의 반려견을 꼭 끌어안는 당신, 또는 과거에 사랑했던 강아지를 떠올리며 추억에 잠기는 당신의 모습이 벌써부터 눈앞에 그려진다.

1

펩시라고 부르자!

1996년

내 곁에는 늘 사랑스런 개들이 있었다. 나는 녀석들을 바라보며 함께 노는 걸 좋아한다. 난 개들과 함께 컸다. 내가 여덟살 때 부모님께서는 친구 분으로부터 개 한 마리를 사셨다. 잡종개로 가슴 쪽만 약간 하얗고 나머지는 전부다

까만 개였다. 우린 녀석을 프린스라고 불렀다. 난 프린스를 처음 만난 날을 기억한다. 프린스가 태어난 지 두 달 쯤 되어서였다. 목줄을 맨 다음 가볍게 잡아당겼는데 녀석은 꿈쩍도 안했다. 그래서 조금 더 세게 잡아 당겨 보았다. 마찬가지였다. 우리 둘은 서로 힘겨루기를 했다. 하지만 서로의 자존심대결은 그리 오래 가진 않았다. 왜냐하면 나도 프린스도 곧 서로를 좋아하게 되었기 때문이었다. 프린스는 눈치가 매우 빠른 강아지였다. 녀석 덕분에 우리는 웃을 일이 많아졌다. 한 가지 고약한 버릇이 있다면 뛰쳐나가고 싶은 충동이 생기기만 하면 그 감정을 억누르지 못하고 곧바로 실행에 옮긴다는 점이다. 그 충동을 느꼈을 땐 아무도 녀석을 막을 수가 없다. 현관문이 조금 열렸든 많이 열렸든 열려 있기만 하면 녀석은 무작정 문으로 돌진한다. 그러나 몇 시간 혹은 다음 날 아침이 되면 녀석은 아무 일도 없었다는 듯이 유유히 돌아왔다. 이런 일을 당할 때마다 우린 매우 당황했지만 그래도 매번 돌아와 줘서 고마울 따름이었다.

프린스가 생기고 얼마 지나지 않아, 외할아버지께서 데리고 온 강아지를 키우게 되었다. 난 그때 개인 교사에게 피아노 레슨을 받고 있었는데, 어떤 키 큰 할아버지가 뚜벅뚜벅 마당 안으로 걸어오는 게 보여 잠시 수업을 중단했다.

그는 카우보이모자를 쓰고 긴 가죽 코트를 입고 있었다. 마치 영화배우 존 웨인처럼 보였다. 어머니가 말했다.

"이 분이 네 외할아버지란다."

그 분은 어머니의 아버지셨지만 난 전에 한 번도 만나 뵌 적은 없었다. 생각해 보면, 집안 식구 중 누구도 외할아버지에 대해 말해 준 사람은 없었다. 외할아버지는 할머니와 아주 오래전에 이혼하신 후 식구들과 오랫동안 떨어져 생활하셨단다. 후에 알게 되었지만, 외할아버지는 2차 세계 대전 당시 해병대에 자원 입대하여 이오지마 전투와 괌 전투에서 혁혁한 전공을 세우셨다고 한다. 그러나 전투 중 당한 부상으로 인해서 발성기관에 심각한 장애를 갖고 계셨다. 목소리를 낼 때 무척 힘겨워 하셨다. 그렇지만 알고 보니 외할아버지는 정말 유머가 넘치는 분이셨다. 나와 내 동생을 데리고 프로 레슬링 경기도 함께 관람했고 경마장에 데리고 가서 마권을 구입해 주기도 하셨다.

처음 만난 날, 외할아버지는 피아노 옆쪽으로 다가와서는 코트 호주머니에 손을 집어넣더니 작은 치와와를 꺼내보였다. 발과 입 쪽 부위가 하얀 진한 갈색 암컷 강아지였다. 난 그렇게 앙증맞게 생긴 강아지는 처음 봤다. 어머니는 그 개를 레이디라고 불렀다. 레이디는 우리 레빈가(家)의 세 마리 치와와 중 첫 번째 치와와가 되었다. 세 마리 모두 어머니를 몹시 따랐다. 몇 해가 지나, 레이디는 불행한 사고를 당해 죽었다. 외할아버지가 차 밖으로 나오면서 차문을 닫는 순간 레이디가 생각지도 못하게 갑자기 밖으로 뛰쳐나오려는 바람에 그만 사고가 났던 것이다. 레이디는 치명적인 상처로 목숨을 잃었고 우리 가족 모두, 특히 외할아버지와 어머니는 한참을 슬퍼하셨다.

그 후로 오래지 않아 또 다른 레이디가 생겼다. 세 마리 치와와 중 내가 가장 좋아했던 강아지다. 귀가 살짝 접혔었는데 역시 앙증맞고 귀여운 강아지였다. 그런 귀여운 모습은 나이가 들어서도 변함없었다.

프린스는 치와와들이 우리와 한 가족이 되는 걸 환영했다. 프린스는 낙천적인 개였다. 첫 번째 레이디가 으르렁거리고 물고 늘어질 때도 녀석은 크게 개의치 않았다. 사실 프린스정도의 덩치면 주둥이로 치와와들을 단박에 뭉개버릴 수도 있겠지만, 그럴 때면 녀석은 슬쩍 자리를 피할 뿐이었다.

프린스는 우리 가족에게 활기와 기쁨을 듬뿍 가져다주었다. 남동생들과 나는 초등학생 때부터 대학생 때까지 프린스와 함께 자랐다. 난 녀석을 영원히 사랑할 것이며 절대 잊지 못할 것이다. 우리 형제들이 분가 한 후 프린스가 있는 동안 키우게 된 세 번째 레이디는 2000년도에 죽었다. 난 그 개에 대해선 잘 모르지만 어머니가 가장 좋아했던 강아지로 짐작한다. 세 번째 레이디는 14년 동안 살았다.

1998년 9월

난 내 자식들에게 어린 시절 강아지와 함께 지낼 수 있는 기회를 꼭 만들어주고 싶었다. 아내 캔델도 그런 나의 생각에 그다지 반대하지 않았다. 아내의 집에서도 아내가 어렸을 때 "집밖에서" 키우는 호보 1, 호보 2라는 이름의 대형견 두 마리가 있었다. 물론 아내는 이 호보들을 무척 좋아했지만, 그러나 애완견과 "집안에서" 생활하는 것은 조금 다른 경험일 수 있었다. 나는 두 아이들과 한 편이 되어 아내의 승낙을 얻어내려고 일 년 남짓을 졸라댔다.

집에서 멀지 않은 곳에 「저스트 펫」이라는 애완견 샵이 있었다. 혹여 내 눈에 들어오는 강아지가 있나 싶어 그 앞을 지나칠 때면 매번 통유리 안을 자세히 살펴보곤 했다. 나 자신도 내가 어떤 강아지를 원하는지 잘은 모르지만, 그 강아지를 보는 순간엔 운명적으로 한눈에 딱 알아 볼 거라는 예감 같은 건 있었다. 그리고 어느 날 정말 그런 운명적인 만남이 이루어졌다. 그 강아지는 통유리 안에서 꼬무락거리며 놀고 있었다. 입 주위와 가슴부근이 하얀 조그마한 검정 강아지였다. 한 배에서 태어난 여섯 마리 강아지 중 유일한 수컷이었다. 보자마자 내 사랑 프린스가 떠올랐다. 그 강아지를 본 순간 '너는 내 거다!' 라는 강한 필이 왔다.

난 무작정 애견 샵 안으로 들어갔다. 통유리 앞 팻말에 보더콜리와 코카스파니엘 혼혈종이라고 쓰여 있었다. 225불이었다. 밖으로 꺼내어 끌어안고는 검지로 발바닥을 간질러 보았다. 두달 정도 된 강아지에게서만 나는 좋은 냄새가 났다. 나는 그렇게 한참을 안고있다가 주인 쪽으로 고개를 획 돌려 이렇게 말했다.

"이 강아지 제가 사겠습니다."

주인은 다른 사람한테 안 팔고 하루는 기다려 줄 수 있다고 했다. 나는 계약금을 걸고 식구들이랑 다시 오겠다고 했다. 문을 나서면서 재차 확인했다.

"절대 다른 사람한테 파시면 안 됩니다!"

주인은 빙긋 웃으며 말했다.

"걱정 마십시오. 팔지 않겠습니다."

난 곧장 집으로 향했다.

그때가 1998년이였다. 라우렌이 열살이였고 체이스가 일곱살이였다. 강아지를 키우기에는 딱 좋은 시기였다.

딸 라우렌은 천성적으로 사람들의 감정에 무척 예민했다. 그 아이는 본래 정이 많고 사려가 깊었다. 항상 얼굴에 미소가 담겨있다. 그리고 늘 타인의 좋은 면을 먼저 보려고 한다. 라우렌은 강아지의 더할 나위없는 좋은 반려자다.

아들 체이스는 동물을 보면 사족을 못 쓴다. 동물들이 가까이 오면 겁내기는커녕 도리어 장난기가 발동해서 서로 금세 가까워진다. 동물에 대한 애정과 주체할 수 없는 체이스의 순수한 성실성을 동물들은 곧바로 알아 차렸다. 동물들은 그의 살가움을 좋아라하며 따랐다.

집에 도착하자마자 난 아내와 아이들에게 정말 멋진 강아지를 발견했다고 흥분하며 이야기했다. 라우렌과 체이스도 같이 동요되어 흥분을 감추지 못했다. 아내 역시 들떠있었다. 내일까지 기다리지 말고 문 닫기 전에 서둘러 같이 가보자고 했다. 아내는 옆집에 사는 린다에게 동행을 부탁했다. 린다는 여섯 살이나 일곱 살 가량 된 허니 번치라는 이름의 온화하고 점잖은 검정색 개를 키우고 있었다.

린다는 강아지에 대해 특별한 지식을 가진 듯했다. 난 그 개를 사기만하면 되니깐 린다가 동행해도 나쁠 것은 없다고 생각했다. 그래서 우리는 모두 한 차에 빽빽이 타고 그 애견 샵으로 향했다.

그 강아지를 보더니 모두들 감탄을 금치 못했다. 아이들은 너무 흥분해서 개를 어떻게 만져야봐야 할지 몰라 했다. 아내도 강아지에게 홀딱 반한 눈치였다. 린다는 강아지를 배가 보이게 뒤집어 놓고 어떻게 반응하는지를 보라고 제안했다. 그녀의 말에 따르면, 만약 너무 발버둥을 치면 행동이 지나치게 부산할 가능성이 있다는 것이었다. 그래서 우린 뒤집어 보았지만 아무 반응이 없었다. 사실 나에겐 별 의미가 없는 일이었지만 어째든 그 강아지는 린다의 테스트를 통과했다. 나는 잔금을 치르고 여러 장의 서류에 서명을 해야 했다. 그리고 개의 현재 건강상태에 대해 자세한 설명을 듣고 관련서류를 전달받고는 개를 집으로 데리고 왔다.

어떤 이름을 지어줄까? 아내 캔델은 제트라는 이름이 좋다고 했다. 라우렌과 나는 스포티를 제안했다. 할머니께서 오래 전에 키웠던 강아지 이름들 중 하나였다. 오레오라는 이름도 나왔다. 그런데 라우렌은 코카콜라처럼 색깔이 검정색이니 펩시라는 이름이 어떠냐고 했다. 체이스도 그 이름을 맘에 들어 했고 내가 들어 보아도 괜찮은 이름같았다. 만장일치로 우린 그 강아지를 펩시라 이름 지었다.

처음 몇 주는 밤에 잘 시간이 되면 펩시를 지하방에 놓아 둔 나무상자 안에 데려다 놓았다. 이건 하우스 훈련에 꽤 도움이 되었다. 나는 나무 상자 옆에서 누워 잠시 눈을 부쳤다. 펩시는 볼일을 보고 싶을 때마다 소리를 내었고 그때마다 난 벌떡 일어나서 녀석을 밖으로 데려갔다. 그리고 밖에서 대소변을 볼 때 마다 아낌없이 칭찬해주었다. 배변 훈련을 위해 따로 시간을 할애하지는 않았다.

늦은 밤과 새벽에 펩시와 둘만의 시간을 가졌다. 바닥에서 뒹굴며 놀기도하고 가슴에 올려놓고 쓰다듬어 주면서 이런저런 얘기를 들려주었다. 볼수록 녀석은 참 특별했다. 내 목소리 톤을 인지해 반응하는 녀석의 눈동자와 귀의 움직임이 무척 신기했다. 녀석을 유심히 지켜보면서 펩시가 무척 똑똑한 강아지라는 걸 직감했다. 내가 자주 쓰는 말이나 호령을 재빨리 알아들었다.

첫 해 동안 펩시는 보더코렐 종의 특이한 성향을 그대로 드러냈다. 온 집안을 마구 휘젓고 다니며 가구와 옷가지들을 물어뜯고 가끔씩 우리 애들을, 특히 체이스를 물었다. 체이스가 아직 어려서 그런지 체이스를 한 뱃속에서 나온 형제로 여기는 것 같았다. 게다가 같이 놀기에는 양떼가 최고인데 당장은 양이 집안에 없으니, 그 다음 상대로 체이스를 골라잡은 모양이었다. 집에 손님이라도 오면 호기심이 발동되어 가만히 있질 못하니 나는 늘 미안하다고 사과해야 했다. 입에 밴 말이 "원래 순한 강아지인데 지금은 좀 흥분해서 그래요." 그러면서도 솔직히 속으로 생각했다. '녀석이 언제쯤 커서 이러지 않을까.'

한 살을 먹고 나더니 그 부산함이 좀 누그러졌다. 그래도 여전히 에너지가 넘쳐났지만, 그 에너지의 분출방향이 식료품 저장실과 쓰레기통으로 옮겨졌다는 게 변화라면 변화였다. 펩시는 기분이 좋을 때면 온 집안을 정신없이 뛰어다녔다. 하지만 이제는 긁거나 물어뜯는 일은 더 이상 없었다. 또한 펩시는 운이 좋게도 주변에 좋은 친구들이 많았다. 린다의 강아지 허니 번치는 마치 펩시의 큰 누나 같았다. 허니 번치는 건강이 별로 좋지 않았지만 펩시를 보면 좋아서 꼬리를 연신 흔들어댔다. 펩시도 허니를 무척 좋아해서 허니가 나타나기만 하면 가만히 있질 못했다.

펩시는 허니랑 친하게 지내면서 다른 강아지에게 관대하고 다정하게 대하는 게 뭔지 일찍부터 배워갔다.

그리고 그 배움의 진가가 6년 뒤 두 번째 강아지 스프라이트가 입양되었을 때 확연히 드러났다.

난 운동은 별로 좋아하진 않지만 펩시하고 산책하는 건

언제든 환영이다. 매일 아침저녁으로 펩시를 데리고 나가지만 뭐니 뭐니 해도 주말이 제일 좋다. 동네를 몇 바퀴 돌고 지나가는 사람들과 인사를 나눈다. 그러면서 이웃들 얼굴도 익히고, 어느 집 자식이 대학교를 가게 됐는지, 누가 수술을 받았는지, 어떤 사람이 새로 이사 왔는지, 이런 잡다한 것들을 알게 된다. 이따금 야구장과 축구장이 몰려있는 혼잡한 거리를 거닌다. 내가 경기일정표들을 둘러보고 있는 동안 펩시는 아이들을 둘러 본다. 우리는 그 산책시간을 대부분 충분히 만끽하는 데 그렇다고 딱히 특별나게 하는 건 없다.

그런데 어느 날 펩시와 나는 한 사건의 현장을 지나게 되었다. 참으로 운명적인 타이밍이었다. 우린 평상시와는 달리 오른쪽이 아닌 왼쪽으로 방향을 틀었다. 사람들이 많이 다니는 교차로를 지나게 되었다. 그때 한 여자아이가 비명을 지르며 뛰어왔다. 그 소녀는 다름 아닌 라우렌의 학교 친구 프렌이었다. 그 아이는 품에 자기 강아지를 안고 있었다. 강아지의 이름은 더스티였고 푸들 계통이었다. 그 소녀는 누가 더스티를 치고 서지도 않고 도망쳤다고 소리쳤다. 강아지가 아주 위급한 상황이었고, 깽깽거리며 고통스러워하고 있었다. 열두 살짜리 소녀가 피 흘리는 강아지를 안고 있는 모습이 너무 안쓰러워 보였다. 나는 한 쪽 손으로 펩시의 끈을 잡고 다른 손으로 프렌으로부터 더스티를 옮겨 받았다. 더스티를 품에 안으며 상태를 살폈다. 앞다리가 완전히 반으로 부러져서 덜렁거리며 매달려 있었다. 나는 누가 피를 흘리거나 이렇게 심한 상처를 입은 것을 보면 겁이 나서 꼼짝도 못하지만, 지금은 전혀 그런 생각이 없이 다만 그 강아지가 떨어지지 않도록 꼭 움켜 안았다. 땅에 떨어지면 더 다친다는 생각뿐이었다.

더스티는 계속 버둥거리며 고통스러워했다. 얼마쯤 지나자 나도 팔이 슬슬 아프기 시작했다. 더스티를 두 팔로 안으려면 펩시를 맡아 줄 사람이 필요했다. 고맙게도 한 동네에 사는 가렛이라는 남자아이가 지나가길래 불러 세워 펩시를 우리 집에 데려다 달라고 부탁했다. 그 아이는 내가 누구인지, 어디 사는 지, 그리고 내가 자주 펩시와 산책하는 것도 잘 알고 있었다.

그 사이 나는 프렌과 더스티를 집으로 데려다 주어야 했다. 집은 그리 멀지 않았다. 서둘러 도움을 청해야 했다. (이 때는 핸드폰이 일반적으로 사용되기 이전이었다.)

이 때 한 젊은 커플이 탄 차가 우리 앞에 멈춰 섰다. 젊은 남자가 운전석에서 뛰쳐나와서는 개가 괜찮은지를 물었다. 프렌이 그 차를 가리키며 바로 이 차가 더스티를 친 차라고 말해 주었다. 믿어지지 않았다. 아마도 사건 현장을 얼마쯤 달아나다가 아무래도 돌아가는 게 낫겠다고 마음을 바꿨을 것이다. 그들의 그런 행동은 분명 프렌과 큰 상처를 입은 강아지를 구하는 것보다는, 뺑소니차로 경찰에 신고 되는 게 더 염려스러워서 돌아온 게 틀림없어 보였다.

나는 그 남자에게 말했다.

"저리 비켜요! 당신의 도움은 필요 없소."

나는 그렇게 비정한 놈들과는 잠시도 같이 있기 싫었다. 더스티를 한시라도 빨리 수의사한테 데리고 가야만 했다.

프렌의 집 현관문을 두드렸다. 안에서 프렌의 할머니의 대답 소리가 들렸다. 할머니는 영어를 할 줄 모르셨고 프렌의 아버지는 안 계셨다. 오다가다 만난 적이 있었던 프렌의 어머니를 큰 소리로 불러냈다. 그녀가 허겁지겁 현관문으로 달려나왔다. 더스티의 상태를 보더니 어떻게 손을 써야 할지 몰라 쩔쩔맸다. 누가 그런 그녀를 나무랄 수 있겠는가?

난 차분한 목소리로 그녀에게 말했다.

"좀 진정하세요. 더스티를 어떻게 빨리 조치해야죠."

나는 911로 전화를 걸었다. 안내원은 자신들이 해줄 일이 없다고 말했다. 내가 물었다.

"그럼 어디로 전화를 해야 되죠?"

그녀가 대답했다.

"애견병원으로 전화해보셔야 합니다."

'아. 애견병원이 있었군!'

프렌의 엄마를 쳐다보며 말했다.

"차 열쇠 집어요. 가장 가까운 애견병원으로 갑시다."

프렌과 더스티를 만난 지 15분이 넘지 않았지만 더스티는 너무나 고통스러워했고 내 팔은 이제 거의 감각이 없었다. 강아지의 다리상처가 더 심해지지 않게 하려면 계속 똑같은 자세를 유지해야만 했다.

우리 차는 빨간 신호등마다 걸리는 것 같았다. 프렌은 뒷좌석에 앉았고 프렌의 엄마가 운전을 했고 나는 앞 조수석에 앉아 더스티를 꼭 끌어안았다. 20분이 지나서야 병원에 도착했다. 전에 와본 적은 없지만 출근길에 여러 번 지나쳤었다.

더스티를 품에 안은 채 차에서 내려서 출입구로 정신없이 뛰어갔다. 접수원에게 달려가 말했다.

"도와주세요. 강아지가 자동차에 치어 한쪽 다리를 심하게 다쳤어요."

접수원이 대답했다.

"진료시간이 끝났습니다. 의사 선생님께서 이미 퇴근하셨어요."

나는 말했다.

"지금 농담하시는 거죠. 우리를 도와 줄 수의사가 여기에 한 분도 안 계신다는 말입니까?"

가운을 입은 한 여자가 진료실에서 나왔다. 그녀는 그 자리에 서서 더스티를 보며 말했다.

"의사 선생님께서는 퇴근하셨습니다. 이 강아지는 상태가 너무 심각해서 제가 손을 볼 수가 없습니다."

여기 애견병원이 맞나! 나는 그들의 냉담함에 기가 찼다. 이 사람들이 과연 하루 종일 동물들과 함께 지내는 사람들이 맞는지 의심스러웠다.

나는 물었다.

"지금 그 말은 이 강아지에게 진정제 주사도 놓아줄 수 없고, 나보고 다른 수의사에게 가라는 말인가요?"

"저희도 어쩔 수 없습니다, 선생님."

그들을 혐오스럽게 쳐다보며 당장 그 자리를 박차고 나와 버렸다.

다시 차 안으로 돌아왔다.

"어서 펩시 담당 수의사한테 갑시다."

15분쯤 차를 몰고 우리는 클락 타워 애견병원에 도착했다. 난 이미 온몸에 진이 다 빠진 상태였다. 팔을 조금도 움직일 수가 없었다. 온몸이 식은땀으로 범벅이 되어 있었다. 지금도 그렇지만 그때도 건강 상태가 좋은 편이 아니었다. 이제는 아까보다 더 늦은 시각이지만 병원 문이 열려있길 마음속으로 간절히 빌었다.

새로 도착한 병원에서는 전혀 다른 대접을 받았다. 보조원들이 신속하게 움직였다. 나에게서 더스티를 건네받고는 곧바로 안정제 주사를 준 다음 다리에 댈 부목을 만들기 시작했다. 더스티는 수술을 받아야 하는 데 의사 선생님은 이미 퇴근했다고 했다. 그들은 더스티를 차에 고정시켜서 다른 도시의 더 큰 병원으로 이동할 수 있도록 조치를 취해 주겠다며 나를 안심 시켰다. 프렌의 엄마는 남편에게 전화를 했다. 나는 그가 도착할 때까지 기다렸다. 내가 병원 문을 나서려는 데, 한 보조원이 내게 말했다.

"레빈씨, 애써 주신 점 감사드립니다."

나는 대답했다.

"제가 감사하죠. 제가 강아지 목숨을 살린게 아니죠. 당신들이 살린겁니다."

더스티는 지금도 살아있다. 최근 암에 걸렸다가 치료받고 회복되었다. 그 시련을 겪고 육개월이 지난 후 더스티는 약간 절뚝거리긴 했지만, 이내 아무 일 없었던 것처럼 평온하게 잘 지내고 있다.

그날 밤 집에 돌아와서 나는 식구들에게 프렌의 강아지가 차에 치여 다리 한쪽이 부러졌고, 그래서 애견병원으로 데리고 간 일을 들려주었다. 그 후 라우렌은 프렌에게 더 자세한 이야기를 들었다. 딸 아이는 그런 아버지를 자랑스럽게 여겼다. 사실 강아지를 사랑하는 사람이라면 누구나 다 했을 일을 내가 한 것뿐이었다. 생색낼 일은 아니었다. 하지만 그 일은 내게 생명이, 특히 강아지의 생명이 얼마나 약한지를 다시금 생각하게 했다. 그날 더스티는 차 사고로 인한 심각한 부상과 어려운 수술에서 살아남은 것이다. 그런 일이 어느 날 펩시에게 일어날지도 모를 일이다. 그 사건은 펩시와 나를 더욱 가깝게 만들었다. 정말 그랬다.

이튿날 나는 가렛을 만났다. 펩시를 데려다 줘서 고맙다고 하면서 펩시가 어떻게 행동했는지를 물었다.

"음… 딱 한번 저를 물었어요. 제가 안으려고 하니까 그러더라고요. 근데 그냥 가볍게 물었어요."

나는 웃으면서 대답했다.

"아마 낯선 사람이 안는 걸 꺼려서 그랬을 거야."

펩시는 완전한 가족의 일원이었다. 같이 노는 걸 좋아하고 애정이 넘치고 여느 십대 아이들보다 훨씬 순종적이다. 펩시는 자기가 십대 아이인 것 마냥 행동한다. 그는 자기가 아이들 중 하나인 것처럼 생각한다. 우리도 그렇게 생각 한다.

라우렌과 체이스가 친구들과 있을 때 펩시는 거기에 꼭 낀다. 녀석은 모든 생일 파티에 참석한다. 크리스마스나 하누카 기간에는 자기도 우리처럼 선물 열어보기를 고대한다. 그리고 캔델과 아이들이 거실 바닥에 앉아 보드게임을 하고 있으면 꼭 보드판 위로 통통 걸어와서는 카드와 조각들을 흩트려 놓으며 자신의 존재를 알린다. 그러면 곧바로 아이들의 비명소리가 들린다.

"안 돼. 펩시!"

펩시 얼굴엔 표정이 살아있다. 녀석은 행복한 강아지이며 그게 얼굴에 나타난다. 그 큰 두 눈은 초롱초롱 빛이 난다. 귀는 늘 쫑긋 서 있다. 그는 언제나 커다란 미소를 머금고 있으며, 그의 길고 보드란 꼬리는 상시 가동된다. 그리고 실제로 정말 기분이 좋을 때면 꼬리가 마치 프로펠라처럼 큰 원을 그리며 움직인다.

아침 저녁을 주거나, 아는체를 하거나 쓰다듬어 주려고 자기에게 다가가기만 해도 펩시는 행복해 한다. 녀석은 드라이브 가는 걸 좋아한다. 때론 앞좌석에, 때론 뒷 좌석에 다소 곳하게 앉아 창문너머로 조용히 지나치는 세상을 관망한다.

식구들 중 누구라도 집에 돌아와 문을 들어서면 요란스럽게 인사를 하기 시작한다. 마구 흥분하기 시작해서는 일명 '데블 모드(Devil Mode)'로 전환된다. 벽이며 가구며 식구들 사이를 요리조리 잘도 피해가며, 엄청난 속도로 온 집안 구석구석을 뛰어다닌다. 어쩜 저렇게 부딪치지도 않고 잘도 뛰어 나니나싶어 놀라울 따름이다. 아무래도 몸 안에 고성능 레이더가 장착되어 있는 게 아닌가싶다.

다른 강아지들처럼 펩시도 우편배달원들에게는 반가운 대상은 아니다. 현관문 옆 창문 위로 입김 자국이 남겨질 만큼 무지하게 짖어댄다. 그래도 한 번도 문적은 없다. 펩시는 짖는 걸로 해결하지 실제 다른 액션을 취하진 않는다.

펩시가 어렸을 때, 아내 캔델은 펩시에게 막대기나 공을 물어오도록 가르쳐서 함께 캐치볼 게임을 했다. 펩시는 그걸 무척 좋아했다. 펩시처럼 테니스 공을 잡을 수 있는 강아지가 그렇게 많다고는 보지 않는다. 그런데 공을 한 번 잡으면 돌려주는 걸 꺼려한다. 그럴 땐 오랫동안 얼르고 달래고 살살 구슬려야 하는데 결국에는 공을 주긴 준다.

어떤 면에선 펩시는 역시 어린애다. 특히 먹을 걸로는 그렇다. 난 펩시가 집 안 어디에 웅크리고 있는 지 신경 안 쓴다. 부엌에서 뭔가 요리가 진행된다 싶으면 녀석은 어느새 이미 옆에 와 있다. 그리고는 혹여 바닥에 떨어진 음식이 없는지 살피고 식기세척기에 접시를 쌓아 올릴 때 핥아먹을 기회를 엿본다. 사실, 고백하건데 난 다른 사람들이 안 볼 때 슬쩍 내 접시에 있는 음식을 녀석에게 던져 주기도 했다.

한 번은 부모님이 집에 놀러 오셨을 때 같이 부엌에서 아침을 먹고 있었다. 어머니께서 한쪽 손으로 토스트 한 조각을 들고 무심결에 테이블 밖으로 손을 살짝 흔들면서 이야기를 하고 계셨다. 그 찰나 펩시는 거대한 흰 상어처럼 돌변해서는 토스트를 향해 폴짝 뛰어올라 어머니 손에 있던 걸 덥석 낚아 물었다. 눈 깜짝할 사이에 일어난 일이었다. 어느 곳 하나 나무랄 데 없는 완벽한 덩크 숫 동작 이었다! 어머니의 손가락에 털 끝 하나도 닿지 않았다. 어머니는 지금까지 살면서 본 가장 통쾌한 장면이라며 배꼽을 잡고 웃으셨다. 그 슬로우 모션을 목격한 순간 난 절로 입이 쫙 벌어졌다. 녀석의 그런 배짱 두둑한 행동은 또 처음이었다.

그 날 이후부터 펩시는 핫도그건, 피자건, 통닭이건 닥치는 대로 순식간에 먹어 치웠다. 한번은 슈퍼마켓 판매대 옆에 떨어진 벌꿀로 구운 햄 봉지에 얼굴을 푹 파묻고 있는 걸 발견하기도 했다. 펩시는 또한 사탕 먹는 강아지로도 유명하다. 그 증거물로 애들 침실 바닥에 사탕껍질이 늘 떨어져 있다. 펩시 위장은 정말 무쇠같이 튼튼한 것 같다. 품목 안 가리고 아무거나 먹는 데도 배탈이 난 적이 한 번도 없다.

어떤 완벽주의자들한테는 이런 모든 것들이 골칫거리라고 느껴질 수 있겠지만, 난 그럴수록 펩시가 더욱 사랑스럽다. 녀석의 식탐은 음식물 쓰레기통 뒤지는 걸로 늘 충족됐다. 그리고 어떻게 보면 이것도 참 재주 같다. 쓰레기통이 서랍으로 되어있어서 문을 잡아당기고 쓰레기를 버려야한다. 펩시는 발가락으로 서랍을 열고 입으로 통에 있는 쓰레기봉투를 끄집어낸다. 우리가 서랍에 자석을 달고 잠금장치를 했는데도 별 소용이 없었다. 우리가 집에 있으면서 펩시를 제지하는 것 말고는 달리 녀석을 막을 방도는 없다.

어떻게 보면 펩시가 우릴 훈련시키려고 그런 것 같았다. 그래서 지금은 식사가 끝나면 더 깨끗하게 치우고 쓰레기통을 더 자주 비운다. 한 밤중 갑작스런 허기로 인한 피치 못할 습격 상황인 경우 말고는 이젠 별로 염려스럽지 않다. 참! 그리고 펩시는 이런 행동을 별로 창피해 하지 않는다는 사실도 밝혀야만 하겠다.

펩시는 사람들에게 정말 많은 사랑과 관심을 받는다. 아내 캔델은 녀석을 차에 태워 시내공원에 데리고 간다. 그곳에서 맘껏 뛰어 놀게 하고 함께 공놀이도 한다. 해마다 몇 번씩은 펩시를 데리고 가서 목욕을 시켜주고 몸치장을 해주기도 한다. 그러면 완전히 딴 강아지처럼 변해가지고 온다. 그리고는 캔델 발꿈치 뒤에 딱 붙어서 이방 저방 쫄랑쫄랑 따라 다닌다.

라우렌과 펩시의 관계는 특별하다. 딸아이는 집에 오면 펩시와 많은 시간을 보낸다. 소파위에서 펩시를 꼭 껴안고 있거나 사랑스런 목소리로 속삭이기도 하고 같이 셀카를 찍기도 한다. 그리고 체이스 역시도 '남동생'을 무척 아낀다. 펩시는 체이스가 자기 쪽으로 오는 걸보면 가슴이나 배를 만져 줄 거라는 걸 알기 때문에 옆에 앉기도 전에 혼자서 몸을 발딱 뒤집는다.

사람들은 사람과 강아지의 관계를 주인과 애완견의 관계라고 말한다. 물론 우리는 펩시의 합법적인 주인이고 펩시는 법률적으로 우리의 애완견이다. 하지만 강아지 애호가들이 몸소 보여주듯 그 표현은 엄밀히 말하면 정확한 표현이 아니다.

펩시는 우리 식구들에게 없어서는 안 될 존재이다. 녀석의 삶은 우리의 삶과 깊게 얽혀있다.

옛 기억들을 되짚어보면 거기엔 늘 펩시가 있었다. 미래를 생각하면 그 안에도 역시 펩시가 함께 할 것이다. 금붕어, 거북이, 햄스터는 애완동물이다. 그렇지만 강아지는 우리 식구다.

2

내 곁엔 항상 펩시가

2000년 2월

어느 겨울 날 점심시간에 내 사랑하는 친구 에릭 크리스텐슨과 함께 동네 레스토랑에서 중국 요리를 먹고 있었다. 에릭과 나는 필라델피아 근방 펜실베니아의 에릭슨 파크에서 함께 어린 시절을 보냈다. 우린 거의 형제나 다름없다. 내가 사장으로 있는 공익법률단체인 랜드마크법률재단에 그는 부사장으로 근무하고 있다.

식사 도중 갑자기 누가 내 가슴을 쾅쾅 때리는 것처럼 찌르는 듯한 통증이 느껴졌다. 내 안색이 변하는 걸 보고 에릭이 물었다.

"왜 그래?"

내가 대답했다.

"글쎄. 가슴이 왜 이러지?"

몇 초 후에 또 통증이 느껴졌다.

"이봐, 나 아무래도 가슴에 문제가 있는 것 같은데."

에릭은 빨리 응급실에 가자고 재촉했다.

난 대답했다.

"잠깐 기다려봐. 한 번 더 그러면 가보자고."

이 말이 채 끝나기도 전에 또 통증이 느껴졌다.

우리는 서둘러 계산을 하고 가장 가까운 렛스톤 병원 응급실로 향했다. 의사들은 곧바로 여러가지 검사를 하기 시작했다. 지금까지 심장 발작은 한 번도 없었다. 나의 원기는 양호했다. 그날 당직이었던 심장 전문의 파라데프 나야크는 내가 하루 입원해야만 한다고 했다. 나도 이번 기회에 몇 가지 검사를 더 받고 싶었다.

그러나 이것이 끔찍했던 1년의 시작일 거라고는 전혀 예상치 못했다. 나는 그 1년간 수십 번 구급차에 실려가 응급실 신세를 져야만 했고, 무려 12명의 심장전문인들의 손을 거쳐야 했으며, 여러 번의 목숨이 위태로운 수술을 받아야만 했다.

　다음 날 아침 트레드밀을 뛰며 검사를 받았다. 심장 전문의가 심장모니터를 연결해 트레드밀의 속도와 경사 변화에 따른 심장박동수를 보여주었다. 30초쯤 걷자 속도와 경사강도를 높이기도 전에 가슴이 극도로 답답하고 현기증을 느끼게 되었다. 나는 숨을 가쁘게 헐떡이며 말했다.

　"멈춰주세요. 도저히 못하겠어요."

　의사가 물었다.

　"이게 최대한 하신 겁니까?"

　나는 대답했다.

　"네, 그래요."

　그녀가 대답했다.

　"음… 좋지 않군요."

　지난 몇 달 동안 난 호흡곤란이 있었지만 크게 신경을 쓰지 않았다. 몸무게가 10kg 이상 늘었는데 살이 쪄서 숨 쉬기가 버거운 것 같았다. 그런데 생각해 보니 몇 주 전 차도 위에 쌓인 눈을 치울 때도 몹시 숨이 찼던 일이 기억났다. 얼마 되지 않는 짧은 거리였는데도 금방 숨이 차올라서 중간 중간 여러 번 쉬면서 했던 게 생각났다. 또한 펩시랑 가파른 언덕길을 오를 때도 펩시와 걸음 속도를 맞추느라 아주 힘겨워 했던 일도 떠올랐다. 하지만 난 설마 심장에 문제가 있을 거라곤 꿈에도 생각 못했다.

병실로 돌아오자 닥터 나야크가 검사 결과를 알려줬다.

"검사를 더 받아 봅시다. 제 생각엔 동맥 한두 개가 좀 막혀 있는 것 같습니다. CAT 촬영을 해보고 확실한 이유를 알아보도록 합시다."

나는 물었다.

"CAT 촬영이란 게 뭐죠?"

"환자분 심장 상태를 진단하는 표준검사입니다."

의사의 설명에 따르면 심근경색은 심장으로 가는 관상동맥에 콜레스테롤과 같은 불순물이 끼어 녹이 슨 수도관처럼 동맥 안이 좁아지거나 막혀, 심장근육에 혈액이 충분히 전달되지 못할 때 생긴다고 한다. 그럴 경우 풍선이 달린 가느다란 관을 넣어 좁아진 혈관을 넓혀주는 '관상동맥 풍선 확장술'을 시행하기도 한다. 관상동맥 확장술 후 재 협착을 방지하기 위해 '스텐트'라는 미세한 철사를 삽입시키는 치료도 시행된다.

내겐 선택의 여지가 없어 보였다. 상태를 진단해보고 조치를 취해야만 했다.

검사 받는 건 특별히 아프지는 않았다. 일부 막혀있는 동맥이 발견됐고 스텐트를 두 개 삽입하였다. 효과가 있어야 했다. 그러나 두 달 쯤 지나자 다시 통증이 느껴졌고 그래서 처음왔던 수술대로 돌아왔다. 재 협착이 일어난 것이다. 쉽게 말하자면 스텐트 주위가 다시 좁아져 버린 것이다. 재 협착 발생율은 15~20% 라고 들었다. 지지리 운도 좋다. 내가 그 중 한 사람으로 선택됐다니!

지난번처럼 허벅지의 대퇴동맥을 통해 관을 삽입하고 이번에는 관 끝에 달린 작은 회전 날개를 이용해 스텐드 안에 있는 침전물을 긁어냈다. 그 후 두 달 쯤 지나자 또다시 통증이 느껴졌다. 정말 믿어지지가 않았다. 스텐트가 다시 막혔고 이번에도 회전 날개를 이용하여 다시 확장시켰다. 나는 '공격적 재협착증'을 앓고 있었던 것이다.

2000년 6월 회사 사무실에 앉아 있었는데, 갑자기 누가 내 가슴 위에 한 톤이나 되는 벽돌을 콱 떨어뜨린 것 같은 호흡 곤란이 왔다. 위급한 상황이라는 걸 직감했다. 점심시간이라 모두들 식사하러 나가서 주변에는 아무도 없었다. 빨리 병원에 가서 응급처치를 받아야 했다. 사무실에서 주차장까지 내려가는 계단이 한 없이 멀어 보였다. 가까스로 운전석에 앉았다. 쥐어짜는 것같은 심한 통증이 멈추질 않았다. 병원은 바로 앞 모퉁이에 있는데도 통증이 하도 심해서 차마 출발을 못하고 한 손으로 핸들을 움켜진 채 한참 동안 차 안에 있었다. 눈앞이 점점 희미해져갔다. 그런데도 왜 그때 911를 안 불렀는지 모르겠다. 어째든 본능적으로 병원까지 직접 차를 몰고 가야한다고만 생각했었다.

병원에 도착하고 보니 주차장에 빈자리가 없었다. 가슴을 움켜지며 가까스로 한 바퀴를 돌고 마침내 빈 공간을 발견했다. 차를 세웠을 때, 옆 차 운전석에 앉아있는 남자와 눈이 마주쳤다. 차 문을 열고 나와 가슴을 움켜지며 그에게 말했다.

"저 심장 발작인 것 같아요."

그 남자가 말했다.

"어서 타세요."

그 남자는 응급실 입구까지 나를 태워다 주었다. 때마침 환자를 옮겨놓고 막 나오는 두 명의 응급 보조원들이 그 곳에 있었다. 그들은 즉시 나를 부축해서 들것에 싣고 병원

안으로 돌진했다. (지금도 나를 도와 준 그 사람과 응급보조원들의 이름을 모른다. 얼굴도 가물가물하다.)

그러나 어찌된 일인지 의사들이 나를 여러가지 전선들과 모니터에 연결시켜 놓자 통증이 싹 사라졌다. 나는 침대에 누워서 간호사와 의사들과 가벼운 농담까지 나눴다. 몇 시간 후에 피검사 결과가 나왔다. 가벼운 심장마비 증세를 보였단다. 가슴 통증이 재발되기는 했지만 위태로울 정도는 아니었다. 하지만 나도 의사들도 다음 단계가 뭔지 잘 알고 있었다. 우리는 관상동맥우회술을 최대한 피해보려고 했지만 더이상 다른 방도가 없었다.

이제는 다리 정맥을 떼어 관상동맥이 막힌 부위 대신 혈관을 만들어 이식하는 관상동맥우회수술을 받아야 하는 것이다.

나는 구급차에 실려 버지니아 북부에서 제일 좋다는 이노바 페얼팩스 병원으로 옮겨졌고 수술은 그 다음날로 잡혔다. 언제든 긴급수술이 발생될 수 있음을 대비해 중환자실에서 그 날 밤을 보냈다. 침례교회 전도사와 병실을 같이 쓰게 되었다. 그는 밤새 잠을 잘 잤는데 나는 한잠도 잠을 이룰 수가 없었다. 나는 아침 첫 번째 수술 환자였다. 아침이 돼서 옆에 있던 전도사와 서로 인사를 나눴다. 자기는 수술을 안 해도 된다고 했다면서 곧 퇴원할거라고 했다. 얘기를 나누면서 난 유대교인임을 밝혔다. 그는 버지니아 시골마을에서 왔다는데 매우 유쾌하고 친절한 신사였다. 나는 그에게 우리 가족을 위해 기도해 줄 수 있느냐고 물었다. 죽음에 대한 두려운 마음은 없었지만 내 가족들이 염려스러웠다. 그는 내 손을 잡고 기도를 시작했다.

"예수님의 이름으로 기도드렸습니다."

그때의 그 고마움은 말로 다 표현할 수 없었다. 그 순간은 정말 내가 받을 수 있는 도움이란 도움은 모두 끌어 모으고 싶을 만큼 절박했다.

관상동맥우회술이 실로 어떤 수술인지 알고 싶다면 그 수술을 받은 사람에게 직접 물어봐야한다. 수술 받고 나서 몇 주 동안은 정말 끔찍하게도 고통스럽다. 가슴을 절개해서 스텐리스 철사나 티타늄 철사를 집어넣고 다시 봉하는 수술이다. 진통제는 기분을 아주 불쾌하게 만들기 때문에 나는 진통제를 대부분 거부했고, 변기통에 기대서 토하는 일을 어떻게든 피하기 위해서 별 방법을 다 동원했다. 베개를 꽉 붙잡고 침대나 의자에 앉아서 잠을 자기도 했다.

수술이후 합병증이 왔다. 접지나 이식 중의 하나가 실패한 것이다. 또 다시 몸에 칼을 대는 일이 있을까 조마조마

했다. 어떻게든 수술만은 피해보고 싶었다.

다음 몇 달간 계속 네다섯 번이 넘는 심도자 검사와 혈관 성형수술을 해야만 했다. 수차례 구급차에 실려 인근 응급실로 이송되기도 했다. 캔델과 나는 미국에서 심장질환 치료로 가장 유명하다는 클리브랜드 병원에도 가보았다. 그곳 전문 의료진들이 몇 시간동안 나를 검사했다. 당시 내게 많은 도움을 준 사람은 나의 담당 의사 애니 사프코와 세계적으로 명성이 높은 케니스 켄트 박사였다.

이쯤되면 독자들은 아마 "그런데 그게 개 이야기랑 무슨 상관있나요?" 라고 물을 것이다. 다 상관있다. 건강 문제는 가족들에게 아주 큰 타격을 미친다. 그 때 정말 아내와 아이들이 마음고생을 많이 했다. 캔델은 모든 상황마다 내 곁에 있어주었다. 열 두살 라우렌과 아홉살 체이스는 응급실과 병실을 찾아오곤 했다. 두 아이는 내 심장수술로 인해 받은 정신적 충격을 스스로 감당해야 했고, 퇴원해 집에 있을 때는 나를 보살펴 주어야 했다. 그리고 우리 가족에게 또 무슨 일이 일어날지 늘 조마조마 했다. 지금도 두 아이는 아빠를 염려한다.

이렇게, 힘든 시간동안 두 살배기 펩시는 내가 집에 있을 때 나를 지켜보며 언제나 내 옆에 있어주었다. 녀석은 나뿐만 아니라 모두를 즐겁게 해주었다. 녀석은 그걸 본인의 임무처럼 여기는 것 같았다. 삶이 나를 깊은 수렁으로 던져놓았다. 말 그대로 난 삶과 맞서 싸워야했다. 마치 지옥에 떨어진 기분이었다. 회복하려고 필사적으로 노력하다가도 문득 불가능할거라는 생각이 들기도 했다. 내 자신과 가족들의 처지가 불쌍하게 느껴질 때도 있었다. 하지만 그럴 때마다 펩시는 내 품으로 들어와서는 손을 핥고 꼬리를 마구 흔들며 늘 웃어주었다. 마치 "아빠, 힘내세요. 더한 일도 있다고요."하고 말하고 있는 것 같았다. 펩시는 내가 2층에서 꼼짝없이 침대에 누워 있거나 의자에 앉아 있을 때면 계단을 타고 올라와서는, 내가 잠들어 있거나 자기가 들어온 걸 눈치 채지 못하면, 자신이 왔음을 여러 가지 방법으로 알렸다. 녀석은 늘 반가운 표정을 지었다. 언제든 놀 준비가 되어 있었다. 항상 산책 갈 준비가 되어 있었다. 곧잘 나를 웃게 만들어 최근 봉한 수술 부위에 상당한 통증이 느껴질 때도 있었다. 펩시는 자신의 아빠가 빨리 예전처럼 돌아오길 원했다.

내가 집에 없는 동안 펩시는 캔델, 라우렌과 체이스에게 긍정적으로 활기차게 사는 방법을 일깨워주었다. 결국 개들이 모두 그렇듯 녀석은 우리 가족에게 좋은 모범이 되었다.

　내가 회복하는 데 펩시가 큰 동기부여가 되었다는 말을 믿어주길 바란다. 녀석은 내 인생에서 가장 힘들었던 시기를 극복하는 데 분명 큰 도움이 되었다. 펩시는 나를 기운 나게 하려고 무진 애를 썼다. 퇴원하고 한 달 쯤 후에 예정보다 일찍 우리는 산책을 시작했다. 체력이 많이 약해졌다. 근육도 많이 풀리고 몸무게도 18kg이나 빠졌다. 그럼에도 나는 마음을 굳게 먹고 밖으로 나갔다. 처음에는 걸음속도도 더디고 멀리가지 못했지만 매일 조금씩 거리를 늘려갔다. 동네 사람들이 손을 흔들어 주기도 하고, 얼굴이 많이 좋아 보인다고 말해주기도 했다. 하지만 그건 인사치례일 뿐이었다. 사실 내가 보기에도 내 모습은 말이 아니었다. 동네 사람들도 내가 무척 마르고 핼쑥해 진걸 보고 모두들 무척 놀랬을 것이다. 하지만 생활이 서서히 정상으로 돌아가는 중이었다.

　점점 기운을 차리면서 서서히 일상으로 돌아왔다. 지하 작업실에서 밤늦게까지 컴퓨터 앞에서 밤을 보냈다. 인터넷도 하고 이것저것 내 일을 시작했다. 잠 잘 시간이 되어 모두들 위층으로 올라가도 펩시만큼은 예외였다. 펩시는 내 발밑에 웅크리고 앉아 내 곁을 지켰다. 이러다보니 녀석도 나처럼 지하실에 눌러앉게 되었다. 낮에는 옆에서 혼자 뼈다귀나 공을 가지고 놀다가 스르르 낮잠을 자기도 한다. 펩시는 잘 때 무척 요란하다. 가끔 노인처럼 코를 곤다. 잠꼬대도 한다. 거미나 벌레들이 기어 다니는 걸 뚫어져라 쳐다볼 때도 있다. 거미 포착과 함께 펩시의 쇼가 시작된다. 펩시는 스핑크스처럼 엉덩이를 위로 치켜 올리고 앞다리는 앞으로 쭉 벌린다. 그리고는 거미를 코너로 몰고는 앞발로 슬슬 건드린다. 전혀 해칠 의도는 없다. 그냥 호기심이 발동하여 그 새 친구를 이쪽저쪽으로 이동을 시키면서 가지고 놀 뿐이다. 그렇지만 결과적으로 거미는 최후를 맞게되고, 그럴때면 펩시는 자기가 한 행동에 실망스런 표정을 짓곤한다.

3

스프라이트 구하기

2004년 10월

주말 아침 그렇게 바쁘지 않을 때면, 버지니아의 시
골지방으로 드라이브를 즐긴다. 그러면 마음이 한결 편안해
진다. 이런저런 생각도 하고 생전 안 가본 길을 운전하는
맛도 괜찮다. 역사가 깊은 버지니아는 곳곳에 작은 길이 나

있어 무엇을 보게 될지 전혀 예측할 수 없다.

워싱턴 DC의 외곽에 위치한 버지니아 레스톤에서 산 적이 있었다. 1998년 어느 날 그렇게 드라이브를 하고 있을 때 버지니아 포토맥 강을 따라 새 건물들이 들어서고 있는 게 눈에 들어왔다. 당시는 미개발 땅이라서 건물은 거의 없고 지역개발을 위한 이동사무실만이 눈에 띌 뿐이었다. 나무가 여전히 울창했지만 개발 준비단계로 도로가 몇 개 만들어져 있었다. 골프장도 곧 들어설 모양이었다. 그 도로 중 하나를 끝까지 따라가 보았다. 차에서 내려 포토맥 강 쪽으로 걸어갔다. 강위로 깍아지른 절벽위에 몇 채의 집을 지으려고 준비중이었다. 전망이 환상적이었다. 그 순간 난 언젠가 지금 내가 서 있는 곳에 살겠노라고 결심했다.

그 개발 공사가 완성되는 데는 몇 년을 더 기다려야 했다. 대부분 주택단지들처럼 그 땅의 주인도 가장 좋은 위치는 맨 나중에 팔려고 했다. 모두들 그런 식으로 돈을 벌었다. 하지만 나도 만만치 않게 끈질겼다. 그 후 몇 년간 그 지역을 50번도 넘게 방문하였다. 그리고 우리는 그 곳에 집을 살 수 있는 날을 기대하며 한 푼 두 푼 열심히 저축하며 돈을 모았다.

새 집을 갖는 과정이 고되고 힘든 것은 알았지만 이렇게

까지 어려울 줄은 정말 몰랐다. 건축업자와의 홍정도 힘들었지만 시청의 감독관에게 약속한 기한 맞추기는 훨씬 더 힘들었다. 새 집을 짓는 일은 건강한 심장을 가진사람에게도 심장마비를 가져올 만했다. 우리는 이 프로젝트에 많은 시간과 돈을 투자했다. 그러나 나는 이 집이 꼭 필요하다고 생각했다.

집이 완성되기까지 일정이 연기되는 일이 여러 번 있었다. 처음에는 여덟 달 정도면 공사가 끝날 거라고 들었다. 그런데 착공하고 14개월이 지난 2003년도 11월에야 입주를 하였다.

정든 집을 떠난 다는 것은 참으로 쉽지 않은 일이다. 캔델과 아이들도 친구들과 헤어지는 걸 내켜하지 않았다. 우리가 살던 동네는 좋은 이웃들이 많았다. 그들과 사이좋게 지내면서 아름답고 즐거운 추억들이 많이 쌓였다. 체이스가 여기서 처음 태어났고 라우렌도 거의 이 집에서 컸다.

새 집은 절벽 쪽 나무가 울창한 언덕, 호수 기슭에 지어졌다. 뒤편으로 흐르는 포토맥 강이 어느 방에서든지 훤히 내려다보였다. 거기다 동네에 또래 아이들도 많고 학교도 좋았다.

라우렌은 전학 와서 적응하는 동안 많이 힘들어 했다. 캔델과 체이스에게도 쉽지 않았다. 하지만 이 분위기를 반전시킬 일이 일어났다. 우리 삶을 영원히 변화시킨 아름다운 만남이 일어난 것이다.

나는 눈치 채지 못했는데, 캔델과 체이스는 펩시에게 친구가 필요하다고 생각을 했던 것 같았다. 2004년 여름부터 아내와 아들은 또 다른 개를 알아보기 시작했다. 그들은 동물협회가 운영하는 지역 동물보호소에 열 번도 넘게 방문했다. 체이스는 우리 가족에게 딱 맞는 개를 찾기 위해 인터넷으로도 알아보았다.

캔델과 체이스가 서로 진행 중인 일을 이야기할 때면, 난 무슨 일을 꾸미긴 꾸미는 모양이구나 하는 정도로만 생각했다. 별로 크게 염두에 두지 않아서 금세 잊어버렸다. 그런데 두 사람이 가볍게 벌인 일이 아니라는 게 슬슬 확실해지자 내심 걱정이 되었다. 다른 개를 우리 집으로 데리고 오면 혹여나 펩시의 행복한 삶에 변화가 생길까 걱정스러웠던 것이다. 특히 과거가 불분명하고 확실히 알지도 못하는데다가 이미 성격이 형성 되어있는 개를 입양시킨다는 것이 왠지 꺼림직 했다. 만일 그 강아지가 너무 사나우면 어쩌지? 만일 펩시가 의기소침해지거나 질투를 하면 어떡하지? 그 개를 우리 집에 데리고 왔다가 다시 보호소로 돌려줘야하는 일은 없을까? 있을 법한 최악의 상황들이 자꾸만 내 머릿속에 그려졌다. 그런 생각들을 도저히 떨쳐 버릴 수가 없었다. 아내와 아들이 원망스럽기까지 했다. 왜 굳이 문제를 일으키려고 할까?

펩시가 집 밖에서 다른 개들과 놀 때는 엄청 잘 어울린다. 그러나 집 안으로 다른 개가 들어왔을 때 바짝 긴장하던 기억이 났다. 형 롭이 개를 데리고 플로리다에서 우리 집에 놀러온 적이 있었다. 그건 펩시가 어릴 때 우리 집에 와서 처음 겪었던 사건이었다. 라우렌도 나와 똑같은 걱정을 하고 있었다.

묘하게도, 캔델은 몇 년 전까지만 해도 우리 집에 다른 개를 데리고 오는 것에 탐탁해하지 않았는데, 지금은 오히려 적극적으로 그 일을 추진하고 있었다. 그리고 정작 개 한 마리가 또 생기면 웃을 일이 더 많아 질 거라고 주장 했던 나는 별 반응을 안 보였다.

결국 나는 마지못해 체이스와 함께 개 보호소에 갔다. 난 전에 한 번도 유기견 보호소에 와본 적이 없었다. 좁은 우리 안에서 자신을 입양해줄 가족을 기다리고 있는 개와 고양이들을 둘러보자 머리가 복잡해졌다. 이 불쌍한 동물들은 무슨 생각을 하고 있을까. 알지도 못하는 사람들과 동물들에 둘러싸여 낯선 곳에 있는 게 아닌가. 혹여 죽을까 두려워하며 어서 빨리 가족들 품으로 돌아가길 바라고 있을 것이다. 이 동물들은 자신을 아껴줄 거라고 생각했던 가족들과 떨어져있다. 여하튼 그 가족은 이들이 어린 강아지였을 때부터 알았던 유일한 가족이 아닌가. 이 고양이와 개들을 잃어버린 집은 누구며, 자신들의 소중한 친구들에게 일어난 상황을 궁금해 하고는 있을까? 나 역시도 이 동물들의 고통을 짐작할 뿐이다. 말을 할 줄 안다면 자기들 집이 어디인지 말해줄 텐데.

이 길 잃은 영혼들을 돌봐주는 사람은 신의 일을 대신하고 있는 것이다. 정말 그렇다. 그들은 이 동물들에게 본래의 자기 집은 아니지만 결국 좋은 집을 찾아줄 거라는 희망을 안고 보살펴주고 보호하고 있다. 버려진 개와 고양이는 대부분은 길거리에서 발견된다. 거리에서 끔찍한 운명을 맞이할 수도 있다. 그리고 보호소로 오고 가는 동물들을 매일 지켜보는 이들은 우리 사회에서 제일 마음씨 좋고 가장 인정이 많은 사람들이다. 길 잃은 동물들을 보호하는 일을 반복하면서 느끼게 될 것들을 상상해보라. 아마도 나는 이런 일은 절대로 못 할 것이다.

슬픈 사실은 이런 사랑스런 동물들 대다수가 자신들의 본래의 가족들과 재결합할 확률은 거의 제로라는 사실과, 일부는 입양조차도 안 된다는 사실이다. 많은 동물들이 안락사를 당하지 않을까 의혹이 들었으나, 알고 싶지 않아 물어보지 않았다. 이런 생각들이 자꾸 머릿속에 맴돌아서 잠시 머물다가 나는 체이스에게 나가고 싶다고 말했다.

체이스는 이 개를 몽고메리 카운티 동물애호협회 사이트에서 발견했다고 한다. 그곳의 기록에 따르면 녀석은 2004년 9월 19일에 유기견보호소로 보내졌다고 한다. 메릴랜드의 실버스프링 거리에서 배회하던 중 발견된 것이다. 녀석의 사진이 다른 개 사진들과 함께 올려져있었다. 나이는 세 살에서 여섯살 사이이고, 희고 누런색 스파니엘 혼종, 매우 순함이라고 쓰여 있었다. 캔델은 나를 불러 사이트에 올려져있는 사진을 보여주었다. 그녀는 지금껏 자기가 본 개 중에서 가장 귀엽고 예쁘다고 했다.

언뜻 봐서 그렇게 예쁜지 잘 몰랐다. 그래서 나는 개를 또 하나 들이는 걸 그다지 반대하지 않는다는 말만 되풀이했다. 솔직히, 마음이 무너져 버렸다. 유기견 보호소에 갔다 오고 나서는 그 곳에 있는 개들의 처지에 마음이 움직인

건 사실이지만 여전히 펩시에게 혹여 무슨 일이 생길까 염려스럽다고 아내에게 털어났다. 돌이켜보면 내가 다른 개한테 마음을 주게 될 일을 애시당초 막고 싶어서 그랬던 것 같다. 그 개를 입양했는데 결과가 안 좋으면 어쩌나하는 염려가 먼저 앞섰던 것이리라.

그 개는 동물애호협회의 새 가족 찾아주기 프로그램 대상견이였다. 아내는 양부모인 걸프씨에게 연락을 취했다. 그들은 아내가 이 개에 대해 문의 한 두 번째 사람이라고 했다. 아내는 녀석을 맞이할 준비를 급히 서둘렀다. 며칠 후 캔델과 체이스는 녀석을 보러 걸프씨 집을 방문하기위해 차를 몰고 메릴랜드 주로 향했다. 두 사람은 녀석한테 완전히 푹 빠져 있었다. 아내는 이미 녀석의 이름을 스프라이트라고 지어놓았다. 그녀는 스프라이트가 펩시와 잘 어우러지길 원했고 그러기엔 스프라이트 털 색깔이 딱 안성맞춤이었다.

걸프씨네 부부는 아내를 맘에 들어 했다. 큰 문제가 없다면 아내가 개를 입양할 사람으로 가장 우선순위라고 했다.

그들 부부는 우리 나머지 식구들을 직접 만나 개와 대면하는 모습을 보고 싶다고 요청했다. 난 여전히 마음에 내키진 않았지만 캔델의 뜻은 너무나도 완강했다. 그래서 이튿날, 캔델, 체이스 그리고 나는 아, 참 펩시도 데리고, 전혀 예상치 못했던 여행을 떠났다.

개를 보러 멀리까지 차를 몰고 간다는 자체가 기억에 남을만한 일이었다. 우리는 포토맥 강에 도착했다. 선착장에 가서 버지니아에서 메릴랜드까지 운행하는 화이트 페리를 탔다. 나도 이곳에 페리가 있다는 건 알았지만 한 번도 이용해 본 적은 없었다. 배로 강을 건너는 것이 내겐 그리 안전한 교통수단처럼 보이진 않았다. 그 배는 버지니아에서 메릴랜드까지 운행하는 가장 오래된 배였다.

강철 여객선 안에 자동차를 실었다. 왕복 6달러였다. 케이블 선을 강 양 쪽으로 연결해 배를 조정하고 있었다. 꽤 투박하고 요란한 엔진으로 움직였다. 독특하게 생겨서 정말 이 배가 메릴랜드까지 다다를 수나 있을까 하는 의문이 생겼다. 아내는 유람선 여행을 몇 차례 해본 데다가, 요 며칠 사이에 이 배를 자주 이용했다고 했다. 여객선 끝 편에 스낵 바가 있었던 것으로 기억한다. 나 혼자 하는 여행이었다면 분명 그곳에서 뭔가를 사먹었을 것이다. 하지만 캔델은 정크푸드를 입에도 못 대게 했다.

배에서 내려 좁은 2차선 도로를 한참을 운전했다. 첫 번째로 메릴랜드의 풀스빌을 지났다. 차에서 보면 검은 점처럼 보이는 작고 오래된 집들과 넓은 농장이 대부분이었다.

10월 초라 나뭇잎 빛깔이 서서히 바뀔 준비를 하고 있었다. 현재 우리가 사는 곳에서 강을 하나 사이에 두고 그리 멀지 않은 곳에 이렇게 넓은 농장지역이 있는 줄 몰랐다. 그러고 보니 우리는 이곳에 이사온지 얼마되지 않은 것이다.

우리는 드디어 교외에 이르러 미로처럼 얽힌 도로와 건물이 많이 들어 선 개발단지에 도착했다. 건물들이 다 비슷하게 생겨서 길을 잘못 들어섰나 싶었다. 길 안으로 쭉 따라 들어가자 주택가가 나왔고 아내가 어느 집을 가리켰다. 주택들이 아주 멋졌다. 10년 정도 된 집들인 것 같았는데 관리가 잘 된 건물들이었다. 걸프씨 부부의 집은 골목 마지막 집이었다.

차도 안으로 주차를 하고나니 갑자기 설레기 시작했다. 순간 '내가 왜 두 번째 개를 원치 않았던 거지?' 하며 혼자 고개를 갸우뚱거렸다. 이곳까지 오는 몇 시간 동안 나도 모르게 개를 입양하고 싶은 마음이 생긴 모양이다.

그래도 어떻게 할지 여전히 조심스러운 마음은 남아 있었다.

현관문에 들어서면서, 펩시도 뒤따라 왔고, 나는 아내와 체이스에게, 우리가 이 개를 입양하는 게 아직 확실히 결정된 건 아니라고 귀뜸했다. 두 사람은 내 말에 별로 신경 쓰지 않았다. 나를 이미 여기까지 데리고 왔으니 내 마음이 개를 입양키로 완전히 돌아섰다고 생각하는 것 같았다.

걸프씨 부부는 현관문에서 우리를 반갑게 맞아주었다. 그들도 살짝 긴장하는 것 같았지만 친절하게 잘 대해 주었다.

이 두 사람은 가엾은 동물들에게 마음을 열어 자신들의 집을 내어주고, 잘 보살펴 주었다가 입양을 원하는 가족을 직접 초대해서 넘겨주는 일을 한다. 사실 이렇게 하기가 쉽지 않다.

걸프씨 부부는 우리를 집 안으로 안내해서 뒤뜰과 연결된 부엌을 보여주었다. 그 사이 내게 믿을 수 없는 일이 일어나고 있었다. 나도 모르게 그 녀석과의 첫 대면을 설레어하고 있었던 것이다. 그들은 순한 나이든 골든 레트리버를 키우고 있었다.

우리가 뒷마당으로 나가자마자 곧바로 스프라이트와 마주쳤다. 물론 원래 이름은 스프라이트가 아니다. 우리 가족은 녀석의 이름을 모르고 있었다. 걸프씨 부부가 녀석을 코디라고 불렀다. 하지만 녀석은 이미 우리 가족에게는 '스프라이트' 였다.

오마이 갓! 녀석이 너무 사랑스럽게 생겼다. 커다란 갈색 눈을 가졌다. 가슴과 네 발의 대부분 그리고 얼굴이 희다. 등과 엉덩이 그리고 꼬리는 황갈색이었다. 그리고 참 작은 꼬리 끝이 흰색이었다. 길이가 4인치도 안 된다. 얼굴 생김 새가 꼭 사슴을 연상시켰다. 이마와 주둥이 쪽이 특히 그랬 다. 난 녀석의 빛나는 눈동자에 매료되어 멍하니 바라보았 다. 캔델과 체이스가 왜 녀석을 그리도 원했는지 이제야 이 해가 갔다.

스프라이트는 자기 주변에 누가 있는 지 별로 관심 갖지 않고 뒤뜰을 계속 서성였다. 스프라이트는 여러 일들을 겪 었다. 녀석이 발견되기 전까지 거리에서 얼마나 오래 배회 하고 있었는지 아무도 모른다. 유기견 보호소로 보내져 한 참 그곳에서 지냈다. 그리고 걸프씨 부부와 지냈고 지금은 우리가 앞에 있다. 나는 녀석에게 가까이 다가가 몸을 쓰다 듬어 주었다. 녀석의 털은 정말 내가 만져본 털 중 가장 부 드러웠다. 성격도 유순하고 정숙했다. 다가가도 짖지 않고 공격적이지도 않았다. 얌전하고 순했다.

추정된 나이보다는 좀 더 들어보였다. 후에 캔델에게 이 따금 녀석의 나이가 여섯 살보다는 더 들었을 것 같다고 말 하곤 했다. 늙어 보이게 행동한 건 아니었지만 여섯 살인 펩시보다 어려 보이진 않았다. 나이는 아무래도 상관없었 다. 녀석은 이미 우리 식구가 되었으니까.

우리는 펩시에게 스프라이트를 소개했다. 펩시의 꼬리가

시속 백킬로미터도 넘는 빠른 속도로 요동치고 있었다. 펩시는 다른 개들과 사람들에게 인사할 때처럼 마당을 정신없이 뛰어 돌아다녔다.

마당을 거닐고 있는 스프라이트 뒤를 따라 다녀보았다. 그 때 녀석이 걸어 다녔던 마당 근방이 잔디와 나무로 매우 푸르렀던 걸로 기억한다. 펩시는 확인차 가끔 내 옆으로 와서 얼굴을 살피고 갔다.

우리가 부엌으로 돌아오자 스프라이트도 따라와서는 한쪽 구석에 철퍼덕 앉았다. 걸프씨의 부인인 수잔은 스프라이트는 정말 귀엽고 사랑스런 강아지라고 했다. 그들은 스프라이트를 침대로 데리고 가서 며칠 밤 함께 잠을 자기도 했다고 한다. 스프라이트가 그들에겐 첫 임시보호견이라고 했다. 그녀는 녀석과 정말 헤어지길 원치 않았고, 보호견으로 인연이 되지 않았더라면 분명 입양 했을 거라고 했다. 나도 그런 마음을 충분히 이해할 것 같았다. 누구라도 스프라이트와 사랑에 빠질 만 했다. 같이 살면서 알게 되었지만, 스프라이트를 본 사람들은 전부 녀석한테 매료되었다.

우리가 떠날 채비를 할 때 펩시가 모르고 스프라이트의 발을 밟았다. 놀랍게도 스프라이트가 펩시에게 으르렁거렸다. 이빨을 드러내고 공격태세를 취한 건 아니었다. 입을 다물고 잠시 으르렁거린 거였지만 난 주의 깊게 보았다. 그런데 그 소리는 나만 들었다.

차에 올라서 나는 캔델과 체이스에게 스프라이트를 입양하는 건에 대찬성이라고 말했다. 그리고 아까 펩시에게 으르렁거린 일을 얘기해 줬지만 그들은 별로 대수롭게 여기지 않았기에 나도 금세 잊어버렸다. 스프라이트가 펩시에게 으르렁 거린 건 이번이 처음이자 마지막이었다.

펩시가 발을 밟았을 때 스프라이트가 왜 그런 반응을 보였는지는 나중에야 알게 되었다. 녀석은 심각한 관절염을 앓고 있었던 것이다.

스프라이트를 우리 집으로 완전히 데려오려면 라우렌이 걸프씨 집에 방문을 해야 했다. 아직 딸아이만이 스프라이트 입양에 흥분하지 않고 있었다. 여전히 펩시를 염려하고 있었다. 캔델은 라우렌과 그녀의 남자친구 댄 슈나이더를 데리고 또다시 메릴랜드를 갔다. 스프라이트를 보자마자 라우렌의 걱정도 녹아 사라졌다. 딸아이와 댄도 우리처럼 스프라이트는 개 애호가라면 누구나 집에서 키우고 싶어 할 만큼 점잖고 사랑스런 강아지임을 한 눈에 알아봤던 것이다.

걸프씨는 마침내 우리 집을 스프라이트 입양가족으로 공식 추천했다. 캔델은 동물애호협회에서 두 사람을 만나 스프라이트를 넘겨받았다. 이렇게 하기까지 아내는 한 주 동안에 다섯번 정도를 메릴랜드를 다녀왔다. 하지만 그것으로 끝난 게 아니었다. 며칠 있다가 동물애호협회에서 우리 집으로 사람을 보내 스프라이트가 얼마나 적응을 잘하고 있는 지를 확인하러 온다는 것이다. 강아지들이 새 가족을 만나 새로운 생활에 잘 적응하도록 세심한 배려를 하는 것이다. 나는 그들의 철저한 봉사정신에 매우 깊은 감명을 받았다.

그 사이 나는 펩시와 스프라이트가 너무나 잘 지내는 걸 보고 감격스러워했다. 마치 스프라이트가 원래 우리 식구였던 것 같다. 녀석은 처음에 낯을 가리더니 곧 본색을 드러냈다. 그리고 펩시는 첫 날 며칠은 스프라이트가 잠깐 머무르는 건지 아니면 계속 있게 될 건지 궁금해 하는 것 같더니 이내 평소처럼 밝아졌다. 우리가 할 일이란 이런 상황에서 녀석을 되도록 편하게 해 주는 일이었다.

우리는 밥을 줄 때도 같이 주고 산책도 함께 갔다. 두 녀석과 같이 놀고 이야기도 들려주었다. 물론 스프라이트에게는 우리 집이 아직 낯설고 새로운 곳이기 때문에, 펩시보다 더 많은 배려를 해야만 했다. 그런데 두 녀석 모두 서로를 지배하려고 하지 않는다는 사실이 정말 놀라웠다. 모든 걸 흘러가는 대로 두었다. 두 녀석은 뜻이 잘 맞았을 뿐 아니라 깊은 우정을 나눴다. 펩시의 낙천적인 성격과 스프라이트의 편안한 성격이 궁합이 맞았던 게 틀림없다. 시간이 지날수록 둘은 사이가 더욱 가까워졌다.

10월 14일 스프라이트를 집에 데리고 온 후 1주일쯤 지나 동물애호협회의 로빈슨 양이 우리 집을 방문했다. 이것이 마지막 통과 시험이었다. 아내는 이방 저방 돌아다니며 청소하느라 정신이 없었다. 아내에게 너무 긴장하지 말라고, 우린 마지막 관문을 무사히 통과하게 될 거라고 안심시켜 주었다. 로빈슨 양은 집을 둘러보며 아주 만족해했다. 구석구석 살펴 볼 필요가 없었기에 자리에 앉아 아내와 얘기를 나누었다. 그녀는 몇 가지 질문을 하고 주위를 둘러보고 서명할 마지막 서류를 건네주었다. 그리고는 떠났다.

우리는 황홀했다. 스프라이트는 이제 공식적으로 레빈가의 가족이된 것이다.

공포의 할로윈 밤

할로윈 밤이었다. 모든 것이 순조로웠다. 아내는 현관 앞에서 할로윈 축제로 찾아온 아이들에게 사탕을 건네주면서, 다른 한 쪽 손으로는 그녀의 여동생 샤론과 통화를 하고 있었다. 나는 지하실에서 작업을 하고 있었고 나의 첫 번째 저서인 대법원에 관련한 〈Men in Black〉의 마지막 편집 작업을 손보고 있었다.

스프라이트가 우리 집에 온지 3주도 안됐지만 짧은 기간 안에 새로운 가족에게 동화된다는 것이 쉬운 일이 아닐 것이다.

녀석은 정말 사랑스런 개였다. 행동도 바르고 관대하고 펩시에게는 완벽한 단짝친구였다. 스프라이트는 이따금 잠시 멍하게 있을 때도 있었지만 우린 별로 대수롭게 여기지 않았다. 아마도 새로운 환경인데다가 최근 몇 달간 장소가 여러 번 바뀌어서 그럴 거라고 생각했다.

하지만 할로윈 데이는 우리에게 너무도 끔찍한 사고를 안겨 주었다. 한참 글을 쓰고 있는 데 위층에서 캔델의 비명소리가 들려왔다. 즉시 계단으로 뛰어올라가 현관문 쪽으로 달려갔다. 방금 전까지 문 앞에서 아이들과 인사를 나누던 그곳에 아내의 핸드폰이 떨어져 있었다. 나는 스프라이트에게로 달려갔다. 스프라이트가 바닥에 쓰러져 있었다. 녀석은 벽돌 무너지듯 쿵 쓰러졌다고 한다.

뭔가 좀 이상해 보였다. 다리가 불안정하고 똑바로 서지를 못했다. 눈은 바라보다가 흐릿해졌다. 그리고 몸을 떨었다. 우리는 그가 혹시 중풍을 맞지 않았을까 생각했다.

여기서 몇 마일 떨어진 곳에 동물 응급병원이 있는 게 생각났다. 차로 퇴근하며 오는 길에 늘 지나쳐 왔었다. 서둘러 코트를 입고 바닥에 누워있는 스프라이트를 일으켜 품에 안고 차고로 뛰어갔다. 녀석을 앞좌석에 태우고 병원까지 최고 속력으로 밟았다.

병원까지 가는 내내 오만가지 불길한 생각들이 내 머릿속을 지나쳤다. 뇌졸중인가? 혹시 혈우병에 걸린 건가? 새로운 환경에 적응하느라 어지러웠나? 나는 너무 걱정스러워 안절부절했다.

10분 만에 병원에 도착했다. 스프라이트를 안고 차에서 내려 대기실로 향했다. 그 사이 스프라이트는 좀 안정을 찾은 것 같았다. 안내데스크에 있던 직원은 20대 초반 정도로 보였지만 이 분야에 꽤 경험이 많은 듯했다. 그녀는 내게 무슨 일이 생겼었는지 물었다. 스프라이트의 배경에 대해 몇 가지 질문을 하기 시작했다. 나는 우리가 스프라이트를 입양한 지 3주 정도밖에 되지 않았고, 녀석의 과거에 대해선 아무것도 모르고, 건강상태에 대해서도 거의 아는 바가 없다고 설명했다. 그녀는 친절하고 상냥했다. 신상기록을 기록하고 수의사 선생님이 진료가 끝날 때까지 의자에 앉아 기다려 달라고 했다.

나는 병원 출입문 앞에 있던 푹신한 매트를 발 옆으로 가지고 왔다. 그 위에 스프라이트를 올려놓았다. 스프라이트는 내가 하는 대로 잘 따라주었다. 몇 번 자리에서 일어나서는 그 전에 왔다갔던 개들이 남기고 간 냄새를 호기심 있게 킁킁 거리며 맡았을 뿐, 전혀 짖지도 않았고 고통스럽게 움츠려 있지도 않았다.

병원은 사람들이 많지는 않았다. 나는 몇몇 환자들이 오고 가는 걸 지켜보며 꽤 오래 앉아 있었다. 그 사이 녀석은 매트에 침 자국이 흥건할 정도로 침을 흘려 놓았다. 나는 그 안내직원에게 미안하다고 말했지만 그녀는 별거 아닌 양 대답했다. 청소도구함에서 물걸레를 꺼내어 깨끗이 닦아주었다. 내가 하겠다고 했지만 그녀는 괜찮다고 하면서 직접 바닥을 닦았다. 아마도 흔히 이런 일이 생기는 모양이다.

스프라이트는 진득하게 자기 차례를 기다리며 편히 쉬고 있었다. 그렇지만 잠을 자진 않았다. 진료실 문을 가만히 응시하고 있었다. 아까보다는 훨씬 좋아보였다. 할로윈 데이에 응급실이라니…. 녀석의 과거는 어땠을까하는 의문이 계속 머릿속에 맴돌았다. 옆에서 지켜보면서 녀석의 사랑스런 모습과 자태에 감탄을 금할 수가 없었다.

한 여인이 팔에 고양이를 끌어안고 병원으로 들어왔다. 그녀는 매우 흥분되어 있었다. 고양이는 겉으로 보기에는 상처가 났거나 아픈 것 같지는 않았다. 그녀는 대기실에 앉아서 고양이를 꼭 껴안고는 쓰다듬어 주었다. 스프라이트는 호기심이 가득한 표정으로 물끄러미 쳐다보았지만 그들을 방해하진 않았다. 나도 그 여인을 달래주고 싶었지만 무슨 말을 해줘야 할지 몰랐다. 이미 그녀가 겪었을 슬픔을 다시 끄집어내고 싶진 않았다.

그 여인과 고양이는 곧 진료실로 안내 받았다. 15분쯤 지나자 여인이 밖으로 나오더니 곧바로 안내 데스크 쪽으로 빠른 걸음으로 걸어갔다. 병원을 나가면서 그녀는 조용히 흐느끼며 눈물을 흘렸다. 매우 안쓰러웠다. 나는 안내직원에게 작은 목소리로 물었다.

"고양이를 안락사 시켰나보죠?"

그녀는 내게 슬픈 표정을 지으며 그렇다고 대답해 주었다. 나오는 눈물을 겨우 삼키며 그녀에게 물었다.

"매일 이런 일을 어떻게 감당하세요?"

그녀는 대답했다.

"이런 경우는 최악의 경우죠. 이럴 땐 우리도 아주 힘들답니다."

나는 우리가 사랑한 개와 이 지구에서 함께 할 수 있는 시간이 짧다는 사실을 다시금 실감했다. 나는 그 날 밤 스프라이트를 향한 나의 사랑을 가슴에 영원히 새겼다. 모든 개들은 자신을 돌봐주고 잘 먹여주고, 짧은 삶을 즐겁게 만들어 줄 사람을 부모처럼 의지한다. 그 보답으로 우리는 그들로부터 순수한 사랑, 충성과 행복을 돌려 받는다. 스프라이트는 이미 우리 식구가 되었다. 우리는 녀석을 자주 '스프라이트군' 이라고 부른다. 녀석과 오래 전 부터 지내온 것처럼 친숙하다. 스프라이트 없이 산다는 생각만 해도 나는 아득해진다.

드디어 우리 차례가 왔다. 안내직원을 따라 진료실 안으로 들어갔다. 수의사가 내게 와서는 자기가 없을 때 어떤 검사를 했느냐고 물었다. 그리고는 녀석의 눈과 균형감각, 그 밖의 이런 저런 항목들을 검사해야 한다며 내게 잠시 자리를 비켜 달라고 했다. 그래서 나는 대기실에서 기다렸다.

나는 캔델에게 전화를 걸어 스프라이트가 괜찮아 보이는 것 같고, 또 쓰러져 있지도 않고 지금 진찰 중이라고 말해 주었다.

아까와 같은 위급상황이 진찰 중에는 일어나지 않았다. 눈동자의 움직임을 자세히 살펴보았지만 별달리 눈에 띄는 건 없었다. 녀석의 심장 박동과 맥박은 정상이었다. 다른 검사를 해봤지만 역시 별다른 문제가 없었다. 의사는 스프라이트를 밖으로 데리고 나가서 걷는 모습을 한 번 보자고 했고 그것 역시도 아무 문제가 없었다.

의사는 스프라이트의 졸도 원인을 확실히 알아내지 못했다. 그냥 잠깐 어지러웠거나 아니면 중이염에 감염됐을지도 모르겠다고 추측했다. 어쩌면 과거에 받은 어떤 충격으로 인한 것이었거나, 그렇지 않으면 전염병이나 염증이나 종양이나 신경의 문제일수도 있다고 했다. 솔직히, 나는 어떻게 이해해야할지 몰랐다. 의사선생은 녀석을 위해 다양한 약을 처방해 주었지만, 먹이기 전에 몇 주간 더 지켜보기로 했다.

의사는 스프라이트가 세 살에서 여섯살 사이보다 훨씬 더 나이가 들었다고 말했다. 열살 정도는 된 것 같다고 어림잡았다. 그건 그렇게 놀랠 일도 아니었다. 사실 나도 본능적으로 스프라이트가 펩시보다 훨씬 더 나이가 들었을 거라고는 생각했다.

병원에서 나와 집으로 돌아갈 때는 이미 거리가 어둑어둑했다. 할로윈 데이가 이렇게 지나가 버렸다. 거리에 있던 아이들이 이제 보이지 않았다. 앞좌석에 조용히 앉아 있는 스프라이트의 머리와 등을 쓰다듬어 주었다. 심각한 게 아니라니 안심이 되기도 했지만 동시에 염려도 되었다. 의사선생의 진단이 썩 도움이 된 건 아니지만, 스프라이트의 상태가 그다지 나쁘지는 않다니까 어느 정도 안심은 되었다.

하지만 그 날 밤 이후부터 늘 스프라이트가 염려스러웠다. 몸이 약한 것에 마음이 쓰이기보다는, 녀석의 실제 나이를 알았으니 훨씬 더 자주 병원 방문을 해야 할지도 모른다는 염려와, 생각했던것 보다 녀석과 함께 할 시간이 훨씬 줄어들었다는 사실이 내 마음을 착잡하게 만들었다.

병원을 갔다 온 다음 2주쯤 지나 스프라이트가 또 졸도를 했다. 그 다음 부터는 쓰러지는 일은 없었다. 그런데 두 뒷다리는 계속 불안정해 보였다.

캔델과 나는 스프라이트를 정밀검진을 해보자고 했다. 다리에 있는 큰 혹을 제거하기 위해 수술 날짜를 잡아 놓았다. 아내는 메릴랜드 주의 풀스빌 애견병원의 노만 월터 박사를 신뢰했다. 우리가 입양가족으로 최종 결정 되어 동물애호협회에서 스프라이트를 우리 집으로 보내기 전에 기초건강검진을 의무적으로 시켜줬다. 그 때 처음 월터 박사를 만났다. 공교롭게도 스프라이트를 집으로 데리고 오는 길에 캔델이 우연히 들렸던 애견병원이 바로 월터 박사의 병원이었다.

나는 월터 박사를 직접 만나보진 못했다. 아내의 말로는 스프라이트에게 매우 잘 해준다고 했다. 아내는 병원 직원들이 스프라이트에게 베푸는 따뜻한 배려에 무척 만족해했다. 그래서 아내는 월터 박사에게 스프라이트 진료를 맡기기 위해 페리를 타고 메릴랜드지역까지 가는 머나먼 여행을 결심했다.

월터박사는 스프라이트를 정밀검진 해보았다. 혈액 검사를 하고 치석제거를 하고 귀를 살피고, 가슴과 등, 골반부위와 위와 다리에 엑스레이 촬영을 하고 심장검사를 했다. 엑스레이 판독 결과 스프라이트는 등과 엉덩이에 관절염이 있다는 게 밝혀졌다. 그것 때문에 귀에 염증이 생겼고 평생 약을 복용해야 한다고 했다. 월터박사 역시도 스프라이트는 나이든 개가 맞다고 했다. 하지만 다행인스럽게도 스프라이트는 생명을 위협받는 병에는 걸리지 않았다는 사실도 알았다.

그 날 밤 캔델은 스프라이트에게 다리를 꿰맨 바늘 자국이 입에 닿지 않게 스프라이트 목에 깃이 넓은 엘리자베스 칼라를 씌워서 집으로 데리고 왔다. 스프라이트 손에만 가면 모든 게 다 놀이 감으로 변화하듯 이것도 녀석에겐 좋은 장난감이었다. 개들에게 다 그렇겠지만, 깃이 넓은 칼라가 몹시 거추장스럽고 짜증이 날만 할텐데도 녀석은 잘 참아냈다.

스프라이트가 무슨 생각을 하고 어떤 기분일지 내가 전부 다 헤아릴 수는 없다. 녀석은 분명 혼란스럽고 짜증이 났을 것이다.

그는 두 달이 넘는 기간 동안, 수년간 함께 살아오던 가족들과 헤어져 갑자기 거리를 방황했었다.

그리고는 누군가에게 발견되어 동물애호협회에서 실시하는 새 가족 찾아주기 프로그램에 참여하게되었고, 그 후, 이 사람에게서 저 사람에게로 넘겨졌다. 여러 명의 의사들의 손을 거치고 수많은 검사와 절차를 경험했다. 수많은 주사기와 온도계가 녀석의 몸에 꽂아졌을 것이다.

녀석이 가족들이 있는 곳을 얼마나 찾아헤맸을까 생각하면 지금도 가슴이 아린다.

우리 가족과 나는 스프라이트의 삶을 기쁘고 편안하게 만들어 주기 위해 최선을 다했다. 물론 펩시도 그 일에 아주 큰 역할을 했다.

하지만 솔직히 말하자면 우리가 스프라이트에게 해준 것보다 녀석으로부터 받은 게 더 많다.

5

결코 떨어질 수 없는 사이

2004년 12월

엘리자베스 칼라의 제거와 통증을 덜어주는 관절염 약 덕분에 스프라이트의 움직임이 훨씬 활발해졌다.

12월 초 눈이 엄청나게 많이 왔다. 라우렌은 몇몇 친구들을 집으로 데리고 왔다. 그들 중 한 친구가 현관문을 열어

놓았다. 스프라이트는 그 틈으로 빠져 나가기로 결심하고 밖으로 뛰쳐나갔다. 라우렌의 남자 친구 댄은 젖은 신발과 양말을 말리고 있다가 맨발로 녀석을 추격하였다. 스프라이트는 댄을 잘 몰랐고 그래서 낯선 아이가 소리치며 자신을 잡으러오는 걸로 착각한 모양이었다. 결국 스프라이트는 댄에게 쫓겨서 도로에서 몇 블록 떨어진 어느 골목 안으로 들어가게 되었다. 댄은 스프라이트에게 다가가서 곁에 앉았다. 그리고는 전혀 해칠 의향이 없다는 걸 보여주려고 녀석을 쓰다듬어 주었다. 그는 추운 날씨에 맨발로 눈 위를 얼마나 뛰었는지 화끈거리는 발을 질질 끌면서 스프라이트와 함께 집으로 돌아왔다.

이 소동이 거의 마무리가 될 쯤에 내가 등장했고 그 말을 듣고 나는 까무러칠 뻔했다. 아! 정말 큰 비극이 일어날 뻔했다. 그래서 앞으로는 절대 문을 열어 놓고 다니지 말라고 당부했다. 왜냐하면 이번 같은 일로 녀석이 첫 가족을 잃어버렸을지도 모르기 때문이었다. 확실한 건, 녀석은 아직 우리 집을 찾는 법을 모른다는 사실이다. 우리가 스프라이트와 함께 지낸지가 두 달밖에 안 됐고 그래서 아직은 이웃 사람들이 우리 개를 잘 모르는 상황이기 때문에 녀석이 쉽게 당황할 수 있는 것이다. 어쨌든 다행히 큰 사고는 면했다.

그 뒤로 스프라이트는 기회가 생겨도 이번처럼 탈출하는 일은 다시는 없었다. 캔델은 잔디 손질을 하거나 잠깐 화장실 청소를 하는 동안은 이따금 펩시와 스프라이트의 목줄을 풀어놓은 채로 마당으로 데려다 놓았다. 그래도 스프라이트는 도망갈 궁리는 하지 않았다.

다시 몇 주가 지났다. 스프라이트와 함께 보내는 첫 번째 하누카와 크리스마스다. 아내는 매년 이맘때가 되면 늘 우리에게 해준 대로 스프라이트에게도 십자수로 산타양말을 만들어 주었다. 벽난로 선반 위 펩시의 양말 바로 옆에 매달아 놓았다. 그 양말 안에 개 껌과 뼈다귀를 잔뜩 넣어놓으면 두 녀석 다 난리도 아니었다. 체이스가 매년 전통행사처럼 펩시 머리 위에 산타 모자를 씌웠다. 펩시가 머리를 흔들어 버려서 모자가 오래 붙어있지는 못했다. 스프라이트는 모자를 더 빨리 떨어뜨렸다. 아이들은 포장지로 스프라이트의 몸을 감싸서 멋진 드레스를 만들어 주었다. 펩시에게는 나비넥타이를 매주었다. 라우렌은 사진을 찍느라고 정신이 없었다. 딸아이는 사진 찍는 걸 좋아한다. 그 아이가 찍은 사진이 아니었다면 우리 가족의 소중한 추억들이 기록에 남지 않았을 거다.

정말 최고의 크리스마스 휴가였다. 그건 선물과 음식 때문이 아니었다. 신의 뜻일지 운명일지 모르지만, 우리는 스프라이트로 인해서 축복을 받았다. 우리 가족이 녀석을 불확실한 미래로부터 구해준거라고 말하는 이들도 있다. 맞는 말일 수도 있지만, 반대로 녀석은 우리 가족에게 엄청난 큰 선물이라고 난 믿는다. 우리는 모두 참 복을 많이 받았다는 사실을 알고있다.

많은 사람들이 자신의 개와 산책하는 걸 두려워하지만 난 그렇지 않다. 난 그걸 절대 일이라고 생각하지 않는다. 산책을 통해 펩시와 스프라이트 나, 이렇게 우리 셋 만의 시간을 가질 수 있다. 매일 아침저녁 녀석들을 데리고 산책을 나간다. 아침에 일어나 그날 날씨가 산책하기에 좋은 날씨든 아니든 상관없이 펩시와 스프라이트를 보는 그 자체에 큰 기쁨을 느낀다. 때로는 두 녀석이 나를 반갑게 맞아 줄 때도 있고 어떤 날은 내가 두 녀석을 깨울 때도 있다.

얼마 지나지 않아 스프라이트의 귀에 문제가 있다는게 드러나기 시작했다. 어느 날 캔델은 녀석의 귀가 전혀 안 들리는 것 같다고 했다. 그녀는 스프라이트의 주의를 끌려면 큰 소리로 얘기해야만 했고, 나는 다른 방에 있는 녀석을 부르려면 손뼉을 세게 쳐야만 했다. 어느 날 아침, 나는 위층에 있는 스프라이트를 나선형 계단 아래로 내려오도록 손뼉을 쳤다. 녀석은 계단 꼭대기에서 걸음을 멈춰 무슨 소리가 났나싶어 날 쳐다보다가 개 껌을 보더니 계단 아래로 폴짝 폴짝 뛰어내려왔다. 펩시는 이미 문 앞에서 개껌을 기다리고 있었다.

일단 아래층으로 내려오면, 스프라이트는 그의 머리를 아래로 숙였다가 문을 향해 들어올리면서 산책 나갈 준비가 되었음을 알린다.

모든 개가 그렇듯, 펩시와 스프라이트는 산책을 무척 좋아했다. 개를 행복하게 만드는 건 별로 큰 게 아니다. 단지 아주 작고 기본적인 것들이다. 이것은 개들이 우리 인간에게 일깨워 주는, 또 이 두 녀석이 내게 가르쳐 주는 중요한 삶의 가르침이기도 하다. 출세와 경제적 목표 역시 중요하다. 물질의 소유도 필요하지만 인생의 작은 기쁨을 소중히 여기는 것이 우리를 가장 만족시키는 경험이라는 사실을 말이다.

산책을 하는 동안 나는 펩시와 스프라이트 둘 사이에 어떤 행동들이 오가는지, 처음 만난 사람이나 개에게 어떻게 대하는지, 자연의 작은 변화에 어떤 반응을 보이는 지 가만히 지켜보곤 한다. 우리가 늘 하는 일이 있다. 주중에는 시간을 많이 낼 수가 없어서 보통 뒤뜰에서 개들과 함께 걷거나 중간에 나 있는 골프카트 길을 따라 언덕을 올라갔다 내려온다. 거기에는 펩시와 스프라이트가 눈으로 보고 냄새 맡을 것들이 풍부하다. 두 녀석은 집 주변 숲을 빙 둘러 체크하러 돌아다닌다. 단 한 바퀴의 순찰만으로도 녀석들은 사슴, 다람쥐, 스컹크, 붉은 여우 그 밖의 야생 동물들이 전 날 밤에 여기에 왔다 갔었는지를 파악했다. 녀석들이 숲 안으로 들어가면 둘이 뭘 하는지 계속 살펴야 하니 뒤따라가기가 여간 힘든 게 아니다.

밤에는 늘 긴장이 된다. 내가 발광장치를 착용하고 손전등을 들고 다녀도 어떤 짐승이 와서 숲을 휘젓고 다니는지 확인할 수가 없다. 어떤 날은 짐승 떼에게 경고를 주는 뉘앙스의 사슴 짖는 소리가 들려올 때도 있다. 우리 집 주변은 사슴이 많은 데, 실제로 정말 그 놈들은 처량하게 짖는다.

어느 날 밤에 펩시의 목줄을 풀어 놓았는데 녀석이 사슴이 짖는 소리를 듣고는 그 방향으로 무작정 질주해갔다. 경악스러웠다. 온 동네 사람들이 들을 만큼 큰 소리로 녀석의 이름을 불렀다. 펩시는 다만 사슴 냄새를 맡고 싶어 할 뿐이라는 건 알았지만, 잘못 까딱하다간 큰 사슴한테 발굽으로 차이면 죽을 수도 있다. 그렇지만 펩시도 사슴도 찾을 수 없었다. 얼마 후 펩시는 스스로 돌아왔다. 녀석은 무작정 뛰다보니 자신이 뭘 하고 있나 싶어서 자진해 되돌아 온 것이다. 또 불상사가 일어날 뻔 했다. 그 후 밤에는 펩시를 절대 풀어놓지 않았다.

펩시가 도망갈 걸 알면서 왜 묶어두지 않았냐고 반문할 수 있을 법하다. 그렇지만 한 번도 펩시가 그런 적이 없었기 때문에 달아날 거라곤 생각하지 못했다. 펩시는 변을 볼 장소를 고르는 데는 좀 별났다. 녀석은 자기 맘에 딱 드는 장소를 찾아야 했다. 산책을 할 때면 난 늘 펩시가 배회할 공간이 더 필요한가보다 했었는데 그게 아니라는 걸 나중에야 알았다. 사실 녀석은 자신만의 생리적 욕구를 신사적으로 해결할 장소를 물색하고 다녔던 것이다.

반면에 스프라이트는 밖에 데리고 나가면 그 사이에 일을 처리한다. 원래 주인이 누구였는지 훈련을 참 잘 받았던 것 같다.

특히 주말에 녀석들과 산책하는 것은 너무나도 유쾌하다. 집에서 그리 멀지 않은 곳에 있는 골프코스 길을 따라 가파른 언덕을 올라갔다 내려오곤 한다. 우리는 나무로 만든 작은 다리를 건너기도 하는데 그곳을 건너가면 두 녀석이 여유롭게 어슬렁거리고, 마구 뛰어다니고, 오줌도 싸고, 방귀도 풍풍 뀌고 여기저기 돌아다닐 수 있을 만큼 넓은 공간이 있다.

주인과 함께 산책 온 개들도 오며가며 만나게 된다. 스프라이트는 절대 달려들거나 싸우려고 하지는 않지만 때때로 낯선 개들을 경계하는 눈치였다. 그래서 난 늘 서로 잠깐 눈인사만 나누도록 하고 얼른 다시 목줄을 잡아당겨 주었다. 캔델과 나는 스프라이트의 조심스런 행동은 아마 과거에 개에게 물렸거나 아니면 심하게 개들과 몸싸움을 한 적이 있어서 그런 것일 거라고 추측했다. 귀 쪽에는 긁혀서 생긴 것 같은 상처자국도 있다. 물론 상처가 생긴 진짜 이유를 알 방법은 없다.

하지만 스프라이트는 유기견 보호소에서도, 양부모 집에서도, 우리 집에서도 사람을 물거나 동물들을 공격한 적은 한 번도 없었다. 분명 여러가지 고초를 겪었을 텐데도 녀석만큼 온순한 개는 이제껏 만나 본 적이 없다.

집으로 돌아오는 길은 처음에 언덕을 오를 때와는 달리 조금 힘이 딸린다. 집 마당에 이를 때면 스프라이트와 나는 숨이 턱 밑까지 차서 헉헉댄다. 그래도 펩시는 여전히 기운이 남아돈다. 녀석은 집에 도착하면 좋아서 "데블 모드"(악마 상태)로 돌변해서는 마당 주위를 마구 뛰어 돌아다니다가 집

안으로 들어간다.

가끔씩 스프라이트도 펩시가 하는 짓을 똑같이 따라하면서 뒤 따라 가는 장면은 정말 가관도 아니다. 관절염을 앓고 있으면서도 꼬리를 원 모양으로 빠르게 잘도 흔들어댄다. 몸이 안 따라주니 자주 그렇게는 못 하지만 스프라이트가 그런 행동을 할 땐 녀석이 정말 기분이 좋다는 증거다.

스프라이트는 뛰는 폼이 정말 예술이다. 녀석의 뒷다리는 다소 짧은 편이지만 기분이 좋을 때면 엄청난 속도로 달릴 수 있다. 펩시보다 더 빠르다. 마치 캥거루가 폴짝 폴짝 뛰는것 같다.

스프라이트는 뭔가를 먹고 싶거나 밖에 나가고 싶으면 내 앞에 와서 펄쩍 뛰어오르며 내 시선을 끌고는 식료품 창고나 문 쪽을 향해 달려간다. 그건 '절 따라오세요.'라는 뜻이다.

펩시는 눈 위를 걷는 걸 좋아했다. 눈밭을 여기저기 뛰어다니고, 눈을 먹고 눈 속에 구멍을 내어 코를 처박고 신선한 공기를 들이마신다. 반대로 스프라이트는 눈과 친한 편은 아니다. 사실 아무리 봐도 녀석은 추운 날씨는 꺼려하는 것 같다. 분명 추우면 뼈가 시리기 때문일 거다. 난 지금도 스프라이트와 함께 맞이했던 첫 번째 겨울을 기억한다. 펩시와 스프라이트를 뒷마당으로 데리고 갔는데 얼마 있으니까 스프라이트가 고통스러워하며 한 쪽 발을 들어 올렸다. 녀석을 안아 올려 집 안으로 데리고 왔다. 발바닥을 살펴보니 모두 헐어있었다. 결국 난 눈 오는 날은 산책을 자제하기로 했다.

날씨가 좋은 날은 포토맥 강 위쪽의 우리 집 뒷마당 잔디에서 양 옆으로 펩시와 스프라이트를 두고 앉아 있곤 했다. 편히 쉬면서 골프 치는 사람들을 지켜보며 불어오는 산들바람을 느꼈다. 그러고 보면 우리들이 살던 곳에는 늘 산들바람이 있었던 것 같다. 강으로부터 불어오는 바람인 것 같다. 그 바람이야 어디서 불어오는건 무슨 상관인가.

스프라이트만큼 산들바람을 음미하는 개도 없을 것이다. 녀석은 바람이 불어오는 방향으로 고개를 돌려 바람 속에 푹 빠진다. 녀석과 밖을 거닐다 어디선가 바람이 불어오면 녀석은 가던 길을 멈추고 조용히 바람 부는 쪽으로 얼굴을 돌려서는 바람을 흠뻑 느낀다. 가자고 재촉하고 싶더라도 녀석의 진지함에 감히 방해할 수가 없다. 대신 나도 걸음 속도를 늦추며 녀석과 함께 바람의 기운을 만끽한다.

산들바람은 인간이 결코 들을 수 없는 수백만 가지의 이야기를 개들에게 들려준다. 개들의 후각은 우리 인간 보다 몇 배 더 예민하다. 스프라이트의 표정을 보고 있노라면, 바람의 냄새에 촉각을 세우기보단 바람 그 자체를 즐기고 있는 것 같았다. 그것은 녀석의 본능적 행동이었다. 우리끼리 녀석에 대해 이야기하고 있으면, 평상시 우리의 지시나 칭찬을 들을 때와는 사뭇 다른 표정으로 어떤 얘기를 하나 싶어 귀를 쫑긋하며 기울인다. 펩시도 비슷한 행동을 한다. 두 녀석이 잘 지내는 건 바로 이 경청의 자세 때문이 아닌가 싶다.

종종 펩시와 스프라이트를 양 사이에 두고 바닥에 누워 녀석들 코와 내 코를 마주친다. 그리고는 둘이 얼마나 아름다운지, 녀석들을 내가 얼마나 사랑하고 있는지 말해주며 코로 뽀뽀한다. 두 녀석은 내 눈동자를 응시하며 내가 무엇을 말하는지, 어떤 마음인지를 정확히 간파하는 것 같다. 그 눈빛을 통해 난 녀석들이 날 좋아하고 있음을 알았다.

본능적으로 개들은 자기 구역을 만들려는 속성이 있다. 어떻게 보면 펩시는 스프라이트를 침입자로 여기고 방어적 태세를 보일 수도 있었다. 하지만 그런 일은 일어나지 않았다. 펩시는 스프라이트를 자신의 삶 속으로 반갑게 맞았다. 펩시와 스프라이트는 서로 경쟁하지 않았다. 녀석들은 급속도로 매우 가까워졌다. 둘의 관계는 아버지와 아들 또는 형과 동생(스프라이트가 형이다) 관계로 발전했다. 이따금 스프라이트는 펩시를 애정이 가득하게, 머리뿐만 아니라 몸 전체를 혀로 핥아 주곤 한다. 때로는 스프라이트가 너무 오래도록 목욕을 시켜줘서 펩시가 우리에게 "이제 그만 하라고 좀 말해줄래요?"라는 표정을 지어보이며 우리 쪽을 쳐다보기도 한다. 하지만 간혹 펩시도 스프라이트에게 보답으로 그대로 해준다. 둘이 별로 오랜 시간 함께 지내지 않았는데도 나이가 찬 개들이 형제처럼 이렇게 서로 잘 지낸다는 게 참 놀라울 따름이다.

산책을 할 때 펩시는 풀을 곧잘 뜯어 먹었다. 스프라이트도 펩시 따라 이게 습관이 되어버렸다. (다른 개들은 펩시의 기호 음식에 입도 안 댄다.) 사실 스프라이트도 펩시를 만나기 전까지는 풀로 요기한다는 건 미처 생각 못했을 것이다. 먹은 다음엔 함께 토해낸다.

시간이 지나면서 스프라이트는 뒤뜰 언덕 오르는 걸 점점 힘들어 해서 우린 앞마당 주위를 거닐거나 길거리를 자주 걸어 다녔다. 덕분에 동네사람들과 더 자주 마주치고 다양한 사람과 개들을 만났다. 사람들의 머릿속에 우리는 밖에 나가면 으레 만나게 되는 무리들로 각인되었다.

리키라는 강아지를 키우는 내 친구 빌 베리는 내가 개들과 산책하는 모습이 너무 보기 좋고, 나를 만난 두 녀석은 복 받은 개라며 늘 말하곤 했다. 하지만 사실은 내가 복을 받은 것이다.

우리 동네에는 아이들이 많았다. 아이들이 우리를 보면 펩시다! 스프라이트다! 하고 소리치며 막 달려와서는 살포시 쓰다듬는다. 두 녀석은 관심 받는 걸 좋아해서 늘 아이들과 잘 지냈다. 이웃 사람들은 두 녀석을 떼려야 뗄 수 없는 사이라고 보았으며, 그리고 어느 사이엔가 자신들도 녀석들과 뗄 수 없는 사이가 되었던 것이다.

난 짬을 내서 펩시와 스프라이트랑 시간을 보내는 데, 캔델은 두 녀석과 온 종일 같이 있다. 펩시와 스프라이트는 그녀 뒤를 따라 침실에서 세탁방으로, 거실에서 부엌으로 졸졸 따라 다녔다. 아내는 두 녀석의 엄마였다. 캔델은 녀석들과 놀고 드라이브도 하고 털을 빗겨주고 애견 미용실을 가서 몸치장을 해주기도 했다. 가끔 목욕시키고 애견 미용실에 데리고 가서 털도 깎았다. 애견 미용사가 두 녀석은 개집에도 같이 있으려고 한다고 했다. 정말 못 말리는 커플이다!

펩시는 잠에서 깼을 때나 밖에 나갈 준비를 할 때 자신만의 준비운동 포즈가 있다. 앞 다리를 쭉 펴 몸의 뒷 부분을 공중으로 쭉 들어올린다. 스프라이트도 그걸 눈에 익혀가지고 기분이 좋을 때는 똑같이 따라한다. 그리고 펩시가 부엌에서 쓰레기통을 습격하는 동안 스프라이트는 자진해서 공범자가 된다. 펩시는 쓰레기봉투를 끄집어내어 거실까지 질질 가지고 와서 먹어도 되겠다 싶은 건 모조리 먹어치운다. 두 녀석은 또한 캔디를 찾기위해 라우렌과 체이스의 침실에 있는 쓰레기 통과 테이블 위를 헌팅한다. 현장을 포착하진 못했지만 녀석들은 으레 흔적을 남겼고 그럴 때면 뭔가 죄지은 얼굴을 지었다. 이 사건이 있은 후로는 우리가 방에 들어갔을 때 캔델이 펩시를 그냥 쳐다보기만해도 혼자 움찔해서는 슬쩍 침대 밑으로 기어들어갔다. 스프라이트는 전에 어떻게 지냈는지는 모르지만 이 새로운 집의 관대함을 은근히 즐기는 것 같았다.

펩시와 스프라이트는 밥 먹는 습관이 달랐다. 녀석들은 각자 물그릇 밥그릇이 따로 있지만 먹을 때는 꼭 그릇을 나란히 두고 옆에 같이 서서 먹었다. 사료를 주면 펩시는 정말 눈 깜짝할 사이에 다 먹어치운다. 도대체 맛을 알고 먹는 건지 모르겠다. 씹지도 않고 삼키는 거 같다. 스프라이트는 뭐든 천천히 먹는다. 녀석은 맛을 음미한다. 음식을 주면 우선 눈으로 쭉 한 번 훑어보고는 제일 맛있어 보이는 걸 선정해서 그걸 제일 먼저 먹는다. 제일 맛없는 건 바닥에 놔두고는 다 먹고 나서 마저 먹기도 하고, 그냥 둘 때도 있다. 만일 그대로 놔두면 펩시가 어느새 와서 대신 말끔히 치워준다. 펩시는 밥을 먹고 나서 물을 먹기도 하고 안 먹기도 한다. 스프라이트는 식후 깔끔한 물 한 모금은 잊지 않는다.

두 녀석은 잠자는 취향도 다르다. 펩시는 보통 침실 탁자 밑에서 자거나 침대 옆 커튼 뒤에서 잠을 잔다. 스프라이트는 옷이나 이불 또는 깔개로 자기 공간을 만드는 걸 좋아한다. 그래서 우리는 집안 곳곳 녀석이 가장 좋아하는 공간에 옷가지를 깔아 주었다. 펩시는 밤에 잠자리 이동이 거의 없다. 스프라이트는 보통 우리 침대 다리부터 시작해서 세 군데 네 군데를 거치고 나서야 한 곳에 정착한다. 어느날 아침에는 세탁실 빨래더미에서 곤히 자고 있는 스프라이트를 발견한 적도 있다.

스프라이트는 2층 침실 계단에서 잠을 자는 경우가 많다. 그곳은 계단 맨 꼭대기이다. 그 곳에서 스프라이트는 집 앞 뒤편이 모두 훤히 내다보이는 통유리를 통해 전경을 바라본다. 한 밤중이나 새벽에 포토맥 강 부근에 세워진 급수탑이 강에 반사된 빛을 보고 스프라이트가 자주 짖었던 기억이 난다. 어떤 때는 집 앞 가로등에 비춰진 나무 그림자를 보고 짖어대기도 했다.

스프라이트가 그렇게 짖어댈 때면 난 침대에서 벌떡 일어나 녀석 옆으로 간다. 가슴을 쓰다듬어주고 문질러주며 옆으로 편하게 눕힌다. 그리고 녀석의 귀에 대고 아무 일도 아니라고 속삭여 준다. 그러면 녀석은 긴장을 풀며 눈을 다시 감고 잠을 곧 청한다. 살며시 일어나 다시 침대로 가려고 하면 고개를 들어 나를 가만히 쳐다보다가 다시 눕는다. 녀석도 안심을 하고 나 역시도 마음을 놓고 침대로 돌아온다. 자는 모습이 어린 양처럼 편안해 보인다.

스프라이트는 안기는 걸 좋아하고 우리는 녀석을 껴안는 걸 좋아했다. 녀석을 무릎에다가 올려놓고는 꼭 끌어안곤 했다. 때때로 캔델과 나는 침대 위로 데려오기도 했다. 그런 친숙함을 무척 좋아라했고 유난히 정이 많은 녀석이었다. 펩시도 애정이 많았다. 스프라이트랑 함께 지내는 시간이 많아질수록 펩시의 애정표현 방법도 더 다양해 져 갔다.

펩시와 스프라이트는 문 앞에 오는 사람에게 늘 인사를 했다. 밖에서 자동차나 배달차 소리가 들려오면 현관문 양쪽 문틈에 코를 들이밀며 인사할 폼을 잡거나, 창문으로 내다보고 집 안으로 사람이 들어오면 꼬리를 사정없이 흔들고 짖어대며 반겨준다. 스프라이트는 펩시보다 더 우렁차게 짖어서 쉽게 구분할 수 있다.

두 녀석이 동시에 짖어대면 내 귀에는 음악 소리처럼 들린다. 물론 그렇게 생각하니까 그렇게 들린다는 거겠지만.

우리 개들은 누구든 집에 들어오면 야단법석을 떨지만 특별히 제일 좋아하는 사람이 있다. 어머니와 플로리다에 함께 살고 계시는 아버지 잭은 우리 집에 자주 놀러 오진 못하신다. 하지만 아버지가 한 번 오시면 펩시와 스프라이트는 그의 옆을 떠나질 않았다. 아버지는 두 녀석에게 늘 관심을 가지고 언제나 자상하고 부드럽고 친근한 말투로 얘기하셨다. 개들은 개를 좋아하는 사람을 금세 알아보는데 아버지는 개 애호가시다. 1년에 몇 차례 필라델피아에서 놀러 오는 형 더그도 그 중 한 사람이다. 형 더그는 키가 크고 얼굴이 개들한테는 조금 위협적이게 보일 수도 있지만, 두 녀석은 형이 상냥하고 수더분한 사람이라는 걸 금방 알아봤다. 펩시와 스프라이트는 형이 오면 좋아서 늘 흥분을 감추지 못했다.

펩시와 스프라이트는 내 어릴 적 친구 에릭 크리스텐슨도 무척 따랐다. 에릭은 형제들 없이 혼자 자랐다. 어렸을 때 나랑 형이랑 놀려고 우리 집에 오기도 했지만, 진짜 이유는 우리 개 프린스와 레이디를 보려고 하는 것이었다. 30년 전

어느 날 에릭이 자기네 개를 데리고 우리 집에 나타났던 일이 기억난다. 그 개는 잭 러셀 테리어 혼혈이었다. 이름은 머핀이었다. 지금까지도 에릭은 머핀 얘기를 한다. 좋아했던 개는 아무리 시간이 오래 지나도 절대 잊혀지지 않는 법이다.

에릭은 늘 스프라이트와 펩시에게 자신들이 특별한 존재임을 느끼도록 만들어주었다. 그는 시간을 내어 녀석들과 놀아주고 언제나 칭찬을 해주었다. 어디를 어떻게 만져주면 좋아하는지를 잘 알았다. 그는 사람들이 다가가기 어려워하는 개들도 잘 다뤘다. 그는 모든 개들은 저마다의 성향이나 감정을 가지고 있으니 그것을 존중하고 인정해주면 된다고 했다.

에릭이 우리 집에 올 때면 펩시와 스프라이트는 이제부터 좋은 사람이랑 재미나게 보낼 수 있다는 사실에 한껏 들뜨기 시작한다. 그가 등장하면 펄쩍펄쩍 뛰고 난리가 난다.

이웃에 사는 레나타, 멘톤부부와 자녀들 루이자, 줄리아, 다니엘은 녀석들의 다정하고 소중한 친구들이다. 우리는 3년 전 이곳에 이사 와서 그들을 알게 되었다. 이 부부는 브라질에서 이 동네로 이사 왔는데 매우 따뜻한 사람들이다. 마치 오래 전부터 알고 지냈던 사람 같다. 멘톤은 메기라는 닥스훈트 개를 키우고 있었다. 우리가 밖에 나와 있으면 메기는 스프라이트와 펩시랑 놀려고 막 달려오곤 했다.

가족들한테 가거나 휴가 갈일이 있을 때면 우리는 멘톤에게 펩시와 스프라이트를 좀 돌봐달라고 부탁하곤 했다. 두 부부는 녀석들과 무척 가까워졌고 그래서 우리는 그들이 잘 돌봐줄 거라고 믿었다. 그들은 한 번도 우리를 실망시킨 적이 없었다. 우리들은 애견센터나 낯선 장소에 개들을 놓고 어디를 떠나고 싶지 않았다. 펩시는 그런 장소에 적응을 잘 못하고 스프라이트는 그런대로 잘 지낸다. 우리가 없을 때는 녀석들을 집이나 친숙한 장소에 남겨두고 오는 게 맘이 편했다.

여행을 떠나기 전에 그 집이 안전한 지, 온도조절 장치가 잘 맞춰졌는지, 길을 잘 찾도록 불이 잘 켜지는 지를 늘 확인했다. 스프라이트가 가끔 살며시 변기통에 가서 그 안에 있는 물을 먹는다는 걸 알고 나서부터는 변기통의 물을 내려놓고 가게 되었다. 아마도 그 전 가족들과 살 때 생긴 버릇인 것 같다. 또한 할 일을 리스트로 작성해둔다. 어떤 약을 줘야 하는지부터 비상 전화번호까지 세부 사항들을 꼼꼼히 적어 둔 긴 메모를 남겨둔다.

우리가 집에 돌아오면 펩시와 스프라이트는 함박 미소를

띠며 우리를 맞이한다. 펩시는 극도로 흥분을 하면서 모두에게 다 한 번씩 뛰어가 안긴다. 스프라이트는 우리 가랑이 사이로 머리를 쑥 집어넣는다. 하는 짓이 너무 사랑스럽다. 녀석은 가족과 친구들에게 종종 이런 행동을 하곤 했다. 나중에는 펩시도 보고 똑같이 따라했다.

2004년 12월부터 2005년 12월까지 스프라이트의 건강은 꽤 좋은 편이었다. 전혀 큰 문제가 없었다. 우리 집에 오기 전 녀석의 과거가 여전히 궁금했다. 스프라이트는 행동이 점잖고 사랑스런 개이다. '앞발!' 하면 앞발을 내미는 것도 예전 가족들에게 훈련 받은 것 같다.

하지만 늘 마음이 쓰이는 행동이 하나 있었다. 우리가 스프라이트를 쓰다듬어 주려고 주둥이나 머리 쪽에 자연스럽게 손을 가져다 댈 때면 녀석은 눈을 질끈 감으며 움찔했다. 펩시는 절대 이런 반응은 보이지 않는다. 물론 우리는 녀석을 때리거나 겁줄 일을 하지는 않았다. 그래서 난 녀석이 다른 사람에게 학대를 받았거나, 혹은 짖거나 다른 이유로 주둥이를 세게 맞은 적이 있는가 하는 추측을 하기도 했다. 난 녀석이 우리 가족에게 오기 전에 학대받지 않기를 간절히 바라지만 녀석이 어떤 일을 겪었는지는 알 수 없는 일이다.

펩시와 스프라이트와 함께 한
저녁 만찬

2005년 12월

나는 지하 작업실, 일명 콘크리트 창고에서 라디오
프로그램을 진행한다. 집에서 프로그램을 진행할 때 내가
얻는 이익 중 하나는 워싱턴 DC에 있는 스튜디오까지 매일
출퇴근을 하게 될 때보다 녀석들과 훨씬 더 많은 시간을 보

낼 수 있다는 점이다.

오후 4시쯤에 랜드마크 법률협회에서 일을 마치고 그 날 마지막 프로그램 준비를 하려고 집에 온다. 늘 이 시간대쯤 차를 차고에 주차 시키고 집안으로 들어가면 펩시와 스프라이트가 마치 며칠 못 본 것 마냥 나를 반겨준다. 나는 그들을 안아주고 커다란 키스를 퍼붓는다. 녀석들은 나의 다음 행보를 안다. 자기들의 껌을 가지러 식료품 창고 안으로 들어가는 습관이다.

펩시와 스프라이트는 식료품 창고 앞에 앉아서 내가 다시 나타나기를 눈이 빠져라 기다리고 있다. 드디어 내가 나타나면 잔뜩 기대한 표정을 지으며 내 눈을 뚫어져라 쳐다본다. 녀석들의 레이저 광선은 정확하게 내 눈에 와서 마주친다. 펩시에게 먹을 걸 던져주면 가뿐이 받아먹는다. 스프라이트는 바닥에 먹을 걸 놓아두면 와서 덥석 물어먹는다. 캔델이 그날 산책을 안 시켰으면 녀석들과 밖에 나가 거닌다.

지하 작업실로 내려가면 녀석들도 내 뒤를 쫓아온다. 스프라이트는 지하 계단을 내려갈 때 개선장군 마냥 의기양양 내려간다. 계단을 다 내려와서는 여봐란듯이 자신의 등장을 선포하는 것같다. 위층 마룻바닥과는 달리 지하는 두꺼운 카펫이 깔려 있어서 녀석이 넘어지거나 미끄러질 염려가 없다. 내려오면 우선 만족스런 표정을 지어보이며 방을 행진한다. 그 사이에 펩시는 주변에 있는 공이나 뼈다귀를 물어다 모아놓는다.

난 대부분 시간을 이 작업실에서 보낸다. 이곳에서 라디오 프로그램 진행을 준비하고, 논설이나 책 집필도 거의 이 작업실에서 한다.

내 작업실은 일반 사무실과 다름없는데 단지 마이크와 헤드폰, 전화선과 연결된 장치와 선이 가득한 '제퍼'라는 상자가 있을 뿐이다. 그것이 어떻게 작동 되는지 속속들이 알지는 못하지만, 어쨌든 이 제퍼 박스를 통해 내 목소리가 이 도시 전역으로 전파되는 것이다. 방송 시작 전부터 방송이 진행되는 내내 나는 컴퓨터와 TV로 뉴스를 실시간 모니터링 하며 보다 더 생생한 정보를 청취자들에게 제공하려고 노력한다.

내가 작업실에서 일일 라디오 프로그램을 짜고 있으면 녀석들은 한 두 시간씩 내 옆에 앉아 있곤 했다. 펩시는 내 책상 옆에 누워 있고 스프라이트는 책상에서 좀 떨어진 곳에 내가 깔아놓은 보드란 천위에 배를 깔고 편안히 누워있다. 식구 중 누구라도 들어오는 인기척이 들리기까진 각자 위치에서 편히 쉰다.

방송이 시작되기 30분 전이 되면 녀석들이 잠시 나가 있도록 방문을 열어놓고 소음이 안 나게 문을 닫아 놓는다. 하지만 문 닫는 건 별 효과가 없다.

지하 작업실 창으로 지상이 바로 보이는 데, 강을 배경으로 펼쳐진 골프장에서 골프 치는 사람들과 골프 카트가 코스를 따라 이동하는 모습이 보인다. 방송 중에 두 녀석들은 골퍼들을 보고 짖어댄다. 초보자가 친 공이 우리 뒷마당 쪽으로 넘어왔을 때는 녀석들 짖는 소리가 더욱 요란해진다.

혹여나 청취자한테까지 그 소리가 들리지 않을까 내심 늘 걱정스러웠다. 프로듀서이자 기술담당자인 리치는 방음이 되니 걱정할 것 없다고 장담했지만 가끔씩 실수로 문을 열어 놓고 방송을 하기도 했다. 그럴 때면 나는 슬쩍, '이쪽 바다에서 개 짖는 소리는 저쪽 바다까지도 전해진다지요?' 하며 농담 섞인 말로 위기를 넘겼다.

그 때는 몰랐는데 내 라디오 청취자들과 두 녀석들은 이미 보이지 않는 만남을 만들어가고 있었던 것이다.

집에 아무도 없을 때면 두 녀석들은 라디오방송이 진행되는 두 시간 내내 작업실 문 앞에 엎드려 방송이 끝나기를 진득하게 기다린다. 방송이 끝나고 방문을 열면 녀석들은 펄쩍 내 품으로 뛰어올라서는 이산가족 상봉을 한다. 문 앞에서 내내 나를 기다리고 있었다는 게 고마울 따름이다. 그런 다음 우리는 부엌으로 올라가서 함께 저녁을 먹는다.

내가 방송을 하는 동안 캔델이 집에 있을 때 녀석들은 대개 아내를 졸랑졸랑 쫓아다닌다. 부엌 바로 밑이 내 작업실이다. 점심시간대 방송을 하면, 부엌에서 캔델이 점심을 만들고 두 녀석들이 뒤를 따라다니는 발소리가 삐걱삐걱 들린다. 펩시의 발소리와 스프라이트의 발소리는 다르다. 스프라이트는 펩시보다 발걸음이 더 가볍다. 그래서 언제든 녀석들의 걸음 소리를 듣고 누군지 구분할 수 있다.

밤에 하는 라디오 방송은 식구들 저녁 식사가 다 끝나고 난 다음에야 끝난다. 캔델이 집에 있는 날은 두 녀석들은 그녀와 같이 안방에 함께 있다. 아내는 거기서 책을 읽고, TV를 시청하고, 퍼즐 맞추기를 하거나 빨래를 갠다.

스프라이트는 귀가 잘 안 들려서 내가 부엌 찬장에서 그릇과 접시를 꺼내고 있을 때에야 내가 방송을 끝내고 위층에 올라왔다는 걸 뒤늦게 눈치챈다. 녀석은 계단을 밟고 오는 걸 생략하고는 위 난간에서부터 훌쩍 뛰어내려 온다. 펩시는 스프라이트와 다른 경로를 통해 부엌으로 등장한다.

이런 만남이 거의 매일 밤 이루어진다. 그리고 이 시간이 내게는 하루의 하이라이트이다. 스프라이트와 펩시는 나의

저녁식사 파트너들이다. 내 옆에 늘 붙어있다. 스프라이트
는 내가 식사하는 동안 내 다리 한 쪽에 머리를 올려놓고는
나를 빤히 쳐다보고 있다. 녀석은 사람 음식을 한 입이라도
맛보는 걸 너무나 좋아해서 어떤 때는 몸을 부르르 떨기도
한다. 관절염으로 다리가 많이 약해져서 오래 서 있지를 못
할 때는 내 옆에 누워 있다. 다른 쪽 다리옆에 앉아 있는
펩시 역시도 내 저녁 식사 메뉴를 맛보기를 기다리고 있다.
스프라이트가 다른 쪽 다리로 이동하면 펩시도 비껴주며 자
리를 맞바꾼다.

펩시와 스프라이트는 먹는 습관도 다르듯 테이블 매너도
다르다. 펩시에게는 음식을 던져주면 녀석은 바닥에 떨어지
기 전에 덥석 문다. 스프라이트한테 음식을 던져주면 녀석
의 머리에 부딪친 다음 바닥에 뚝 떨어진다. 스프라이트가
테이블 매너가 더 좋아서가 아니라, 나이도 있고 건강이 좋
지 않아 펩시처럼 몸놀림이 빠르지 못하기 때문이다.

식사를 하면서 나는 저녁식사 파트너들에게 말을 건넨다.

"오늘 하루 잘 보냈니?"

"예절 바르게 행동했어?"

"뭐 새로운 일이라도 있니?"

"오늘 너희들 멋있어 보인다."

오늘 하루 동안 있었던 일이나 집에 특별한 사건들에 대해 이야기한다. 두 녀석은 나를 호기심 가득한 눈으로 쳐다보거나 '우리 주인님이 혹시 바보아냐?' 하는 표정으로 나를 물끄러미 바라본다. 저녁 식사를 마치고 밖으로 데리고 나가서 그 날의 마지막 산책을 한다.

스프라이트와 펩시는 가족 중에 누가 기분이 다운됐는지 혹은 누가 사랑과 관심이 필요한지를 알아챘다. 내가 2005년에 오른 쪽 발바닥에 근막염이 걸려 발뒤꿈치에서부터 무릎까지 통증으로 무척 고생했다. 일반적으로는 몇 주만 치료하면 증상이 호전되는데 나는 그렇지 않았다. 문제는 목발을 딛고 쩔뚝거리며 걸어 다니는 내내 통증이 가시지 않았다는 거다. 결국 수술을 하고 2주 동안은 걸어 다니지 말라는 진단을 받았다. 강력한 진통제와 구토 방지약을 처방받았다. 나는 지하실에 있는 손님방에서 2주 동안 생활했다.

그 2주 동안 나는 목발을 딛거나 기어 다니거나 어떤 때는 한 발로 뛰어다녔다. 손님방에서 작업실까지 거리가 스무 걸음 정도라 회복되는 동안 방송에는 거의 지장이 없었다. 의자에 앉아 일할 때 손을 뻗어 닿을 만 한 곳에 필요한 물건들을 모두 배치해 놓았다.

캔델은 나를 참 잘 보살펴 주었다. 아내와 아이들이 나를 보러 내려 왔지만 난 지하 작업실에 꼼짝 없이 갇혀 있어야 했다. 정말 지루했다. 밤에 자주 했던 드라이브가 너무나도 하고 싶었다. 드라이브를 하고 나면 하루 13시간의 고된 업무의 피로가 말끔히 가신다.

지하실 밖으로 나가려면 난간을 꼭 붙잡고 천천히 한 계단씩 올라가야만 했다. 한 번은 올라가다가 실수로 목발을 잘못 짚어서 바닥으로 굴러 떨어진 적이 있었다. 그래서 다리랑 팔꿈치에 상처가 심하게 났고, 그 다음부터는 아예 올라갈 꿈도 안 꾸었다.

내가 침대에 누워 TV를 보거나 책을 읽으면서 갑자기 서러운 기분이 들 때면 어디선가 모르게 나타난 두 녀석이 요란스레 나를 덮친다. 사실 녀석들은 늘 나를 점검하러 다녔다. 어떤 날은 녀석들이 내 침대 옆으로 와서 잘 때도 있다. 한 밤중에 잠이 깨 바닥에서 자고 있는 두 녀석을 보고 있노라면 얼마나 흐뭇한 지 그 기분은 정말 말로 다 표현할 수 없다.

개들이 그들의 가족에게 보여주는 충성심과 사랑같은 것은 이 세상의 그 무엇과도 비교할 수 없다. 다른 어떤것과도.

스프라이트의 갑작스런 졸도사건 이후 1년이 지났다. 그 후로는 그런 갑작스런 일로 병원을 찾게 되는 일은 일어나지 않았다. 그러나 스프라이트는 이미 목과 등에서부터 뒷다리까지 관절염이 심하게 진행된 상태였다. 녀석에게 맞는 최상의 약 조제를 위해 수의사와 여러 차례 이야기를 나눴다. 복용후 아프거나 어지러운 증상이 나타나면 바로 투약을 멈춰 버렸다.

최근 들어 스프라이트는 쉽게 피곤해하고 동작이 매우 둔해졌다. 나이든 개들의 증상이 다 그렇다. 하지만 녀석은 집에서 일어나는 일은 어떤 일에든 재미있게 참여하려고 애를 썼다.

그것은 2005년 12월 말경이었다. 우리에게 최악의 사건이 발생할 조짐이 보이기 시작한 때가.

7

영원한 것은 없다

2005년 늦은 12월

스프라이트가 우리 가족과 함께 보내는 두 번째 하
누카와 크리스마스 이다. 대부분 가족들에게도 그렇듯이 이
날은 우리에게도 특별한 날이다.

캔델은 크리스마스와 연말이 되면 온 집 안을 예쁘게 꾸

미느라 정신이 없다. 우리 집 전통상 산타양말을 걸어 둔 난로 위에 촛대를 올려놓는다. 아내는 과자 굽는 걸 좋아해서 테이블 위에 쿠키가 늘 가득 담겨 있다.

2005년 한 해를 돌아보니 나한테 좋은 일이 참 많았던 것 같다. 책 집필을 아주 잘 끝마쳤다. 또한 최근에는 내 라디오 프로그램을 배급해 주는 ABC라디오 네트워크사와 계약 협상을 잘 마무리 지었다. 그리고 우리 랜드마크 법률협회가 30년간 사업을 계속해오면서 이번 해에 가장 큰 성공을 거두었다.

이런 성과들로 인해 무척 흡족하지만 2005년도를 특별한 해로 만든 건 따로 있다. 바로 스프라이트가 우리 집에 온 이후로 우리 가족이 더욱 화목해졌다는 사실이다. 스프라이트는 펩시의 좋은 벗이며, 캔델의 소중한 동반자이며, 라우렌과 체이스에게는 애정 가득한 충직한 친구이며, 나에게는 삶의 빛과 같은 존재이다. 우리는 마치 스프라이트와 오래전부터 함께 했던 것 같다. 스프라이트가 빠진 우리 가족을 상상한다는 건 너무 가혹한 일이다. 펩시와 스프라이트를 바라보고 있노라면 둘 사이가 어찌 그리 가까운지, 스프라이트가 우리 식구들에게 적응을 잘하는 걸 보면 놀라울 따름이다.

스프라이트의 순하고 예쁘고 정이 넘치는 푸근한 모습은 우리 모두를 압도했다. 녀석은 가족을 잃고 심각한 관절염을 앓고 있었는데도 자기에게 다가오는 사람은 누구에게든 친근하고 따뜻하게 대해주었다. 진정한 기쁨의 씨앗을 가진 영혼이었다. 우리 가족에게 생긴 좋은 일들을 하나씩 생각해 보면 이보다 더 행복할 수 있을까싶기도 했다.

하지만 며칠이 지나 우리들의 이런 기쁨을 송두리째 빼앗아가는 사건이 우리 가정에 들이닥쳤다.

정확한 날짜를 기억할 수는 없지만, 그날 난 현관 테라스를 슬슬 걷고 있었고 스프라이트가 내 뒤를 따라오고 있었다. 햇빛이 집 깊숙이 들어와 안을 밝게 비춰주었다. 별 생각 없이 스프라이트를 쳐다봤는데 순간 내 눈을 의심했다. 녀석의 오른쪽 눈 위가 움푹 들어가 있었다. 오~ 이런! 안공이 안쪽으로 푹 꺼져있는 것이었다. 도저히 믿을 수 없었다. 앞으로 달려가 이마에 손을 가져다 댔다. 순간 눈물이 핑 돌았다. 우리에게 뭔가 심상치 않은 일이 일어났음을 감지했다.

나는 알바마 헌츠빌에서 열린 친척 마쉬레이의 결혼식에 간 캔델과 아이들에게 전화를 걸어 스프라이트의 상태를 전했고 그들은 곧장 집으로 출발했다. 캔델은 집에 도착해 스프라이트의 얼굴을 쳐다보고는 놀래 기겁을 했다.

"어마야! 이게 무슨 일이야!"

아내에게 방금 전 상황을 전해주었지만 나도 이유를 모르고 어찌 손을 써야 할지 몰랐다.

스프라이트는 발바닥으로 자꾸 오른 쪽 눈을 긁거나 소파나 우리 다리에다 눈을 비벼댔다. 아픈 것 같아 보이진 않았지만 몹시 짜증이 나는 눈치였다.

우리는 스프라이트를 버지니아 주 리스버그에 있는 올드밀 애견병원에 데리고 갔다. 지난 몇 년 동안 병원에 갔을 때 스프라이트와 펩시를 성심성의껏 잘 돌봐주었던 제시카 프랜트 의사는 녀석들을 편안하게 해 주는 특별한 대화법을 가지고 있었다. 제시카는 배려심이 깊었고 녀석들도 그녀의 말을 잘 따랐다. 하지만 그날 하필 그녀가 없었다.

닥터 주디 발드레가 스프라이트를 처음 진찰했다. 우리는 그녀를 잘 몰랐지만 매우 친절하고 프로정신이 있는 사람이었다. 스프라이트를 보자마자 스프라이트의 상태가 매우 심각하다는 걸 금세 알아봤다. 검사를 마치고 그녀는 스프라이트는 안면 근육이 수축되는 '턱근육위축병'이라는 희귀병을 앓고 있다고 했다.

우리가 검사 한 날 담당의사는 크리스였다. 닥터 크리스는 발드레 의사의 소견서를 검토하고는 신경전문가와 상담을 했다. MRI검사를 해서 더 정확한 원인을 진단해 줄 거라고 했다. 그는 스프라이트의 뇌 쪽이 아니라 오른쪽 안면 근육을 담당하는 신경부위에 종양이 있을 가망이 크다고 했다. 헌슨 박사 또한 MRI검사를 하고나서 종양이 발견되면 수술을 해야 하며, 생명에는 지장이 없지만 정상으로 회복되려면 지속적인 치료가 요구된다고 했다. 그는 특히 마취제의 사용이 망설여진다고 했다. 마취제는 스프라이트가 치료를 받을 때마다 매번 투여해야만 했다. 거기다 스프라이트의 나이가 13~14살보다도 더 많을 수도 있는 데, 나이가 많으면 수술 부담도 그만큼 크다고 했다. 신경과의사는 상태가 호전될 수도 있는 스테로이드 크림과 먹는 프레드니손을 처방했다.

우리 가족은 이 상황을 어떻게 받아들여야 할지 몰랐다. 1년 전 할로윈 데이 때 스프라이트가 처음 쓰러진 이후로 난 스프라이트가 죽는다는 사실을 생각하지 않으려고 애썼지만 이젠 어찌할 도리가 없다. 여러 가지 진단결과가 좋지 않았다. 우리 모두는 스프라이트가 나이가 많고 병이 들어 어떻게 손쓸 방법이 없다는 걸 받아들여야만 했다. 스프라이트가 병이 나을 수 있다면 우리는 뭐든 하고 싶었고, 무엇보다도 녀석이 고통스럽지 않기를 간절히 바랐다.

　문득 옛날 기억이 떠올랐다. 내가 스무살 때 집에서 키우고 있던 개 프린스가 아팠던 때가 생각났다. 내 기억으론 우리 부모님들은 프린스를 살릴 수 있는 일이라면 뭐든 다 하셨다. 프린스는 그 당시 최고 좋은 치료를 받았지만 마지막에는 고통스럽게 죽음을 맞이했다.

　그 후 난 부모님께 프린스의 죽음에 대해 물었다. 프린스는 12살쯤 되자 털이 빠지고 등이 굽기 시작했다. 부모님은 프린스를 필라델피아 지역에서 제일 좋은 펜실베니아 대학 동물약학부에 데리고 갔다. 처음 치료를 담당했던 수의사는 애정이 많은 건 아니었지만 유능해 보였다고 했다. 그는 시험적으로 몇 가지 약을 처방해 주었다. 그 약을 먹고 얼마 지나지 않아 프린스는 털이 다시 자라기 시작했지만 오히려 건강은 더 악화되었다.

　어머니는 프린스의 수명연장을 위해 수십 가지의 방법을 동원하고 백방으로 손을 썼다. 하지만 그 기간 동안 오히려 프린스는 무척 고통스러워 했다. 그래서 두 분은 지금까지도 그 일을 후회하고 있다고 하셨다. 어머니께서 내게 얘기를 들려주시는 동안 나는 어머니의 목소리에서 심적 고통을 느낄 수 있었다.

결국 동생 롭이 프린스를 병원으로 데리고 갔다. 이번에는 프린스를 고통에서 벗어나게 해주기 위함이었다. 그날 담당 수의사가 프린스를 보며 이야기했다고 한다.

"오 이런, 개가 너무 고통을 받고 있군요."

그간 의학이 비약적으로 발달하기는 했지만, 아내와 나는 일련의 수술이나 의료치료가 오히려 스프라이트의 상태를 더 악화시키거나 수명을 단축시키지나 않을까 걱정이 들기도 했다. 후시온 박사의 소견처럼, 나 역시도 스프라이트의 병명이 종양일거라고 짐작했지만 말년의 스프라이트에게 위험한 뇌수술을 해서 정신적 충격을 받게 할 수는 없었다.

그곳 수의사들은 근육수축증은 통증을 유발시키는 병은 아니라며 우리를 안심시켰다. 녀석은 조금도 고통스러워 보이지 않았다. 눈 가려움 증세를 완전히 가시게는 할 수 없었지만, 안약을 넣어주거나 연고를 발라주면 잠시 동안은 견딜만 한 것 같았다. 우리는 스프라이트에게 부신 피질 호르몬제 프레드니손을 주었다. 그것은 그를 단지 더 아프게 했기 때문에 수주 후 우린 그것도 중단해야 했다.

이렇게되자 지금 이 단계에서 우리가 녀석에게 해줄 수 있는 건, 더 많이 사랑해주고 더 오래 함께 있어주는 거 말고는 아무것도 없다는 사실을 깨닫게 되었다. 스프라이트에게 죽음이 임박한 징후는 보이지 않았지만 우리 모두는 스프라이트가 우리와 영원할 수 없다는 사실 정도는 알고 있었다.

2006년이 시작되자 우리 가족은 스프라이트를 최우선으로 하는 생활을 시작했다. 그 해는 일상생활 사이사이에 일어난 여러 주요 사건들로 인해 잊지 못할 해가 되었고, 그 사건들 속에는 스프라이트가 늘 함께 하고 있었다.

여러 달 동안의 협상을 통하여, 마침내 ABC 방송국은 내 라디오 신디케이션 프로그램을 착수하기에 이르렀다. 이 작업이 성공하려면 내가 그 일에 더 많은 관심을 기울여야 했지만, 난 내 시간을 대부분 가족들과 스프라이트에게 투자했다.

새 라디오 합병 추진에 더 많은 관심을 기울여 달라는 주위의 압력에도 불구하고, 나는 되도록 출장을 제한하려고 노력했다. 많은 사람들이 화려한 명성이나 순간적인 인기를 잡으려고 달려든다. 하지만 난 내가 가장 좋아하는 영화 '패튼 대전차 군단'(Patton, 1970)에서 조지 C. 스캇이 한 유명한 대사를 13살 때 듣고는 그것을 아직까지 생생하게 기억하고 있다. "영광은 덧없는 것이다." 그 구절은 내 인생의 모토가 되었다. 오백 년 후까지 살아남을 사람은 우리 중 아무도 없다. 그러니 가족이란 그 만큼 중요한 것이다. 자손은 우리의 유산이며 영원히 나와 연결되는 존재이다. 이게 내 인생의 신념이다.

라디오 프로그램을 준비하거나 방송을 하는 동안 스프라이트와 펩시는 언제나처럼 내 옆에 있거나 날 기다리고 있다. 그 다음 저녁을 같이 먹고 밤 산책을 즐긴다. 지금은 이 모든 것들이 내게 훨씬 더 소중해졌다.

3월에 라우렌의 18번째 생일과 5월에 체이스의 15번째 생일을 축하해주었다. 스프라이트와 펩시 역시도 축하해주었다. 펩시는 1998년 7월7일에 태어났다. 스프라이트는 태어난 날짜를 모르니 우리가 녀석을 입양했던 달인 10월의 어느 날을 잡아 대신 생일파티를 해주었다.

올 해에 라우렌이 고등학교 졸업을 한다. 캔델은 라우렌의 졸업축하를 위해 친척들과 친구들 그리고 이웃을 오후 만찬에 초대해 뷔페를 열었다. 만찬 테이블에 멋진 시트를 깔았다. 그 날은 햇살이 좋은 화창한 6월이라 1층 테라스를 활짝 열어 강을 바라볼 수 있게 했다. 펩시와 스프라이트는 좋아서 난리 법석을 떨며 마당으로 뛰어 다녔다. 사람들에게 달려가기도 하고, 접시에 남아 있거나 또는 실수로 떨어진 음식들을 물고 와서는 자기들도 만찬에 끼여 달라고 여기저기를 기웃거렸다.

지난해처럼 올해도 배달원이나 서비스 직원이 오고가면 스프라이트와 펩시는 창문에서 짖어대고 그들이 집안으로 들어오면 반갑게 뒤를 졸졸 따라다녔다. 개들은 늘 새로운 사람을 만나는 걸 좋아하고 그들이 무엇을 하는지 항상 호기심이 가득하다.

봄이 되어 캔델이 꽃을 심고 정원을 가꿀 때면 스프라이트와 펩시는 그녀 옆에 바짝 달라붙어서 절대로 떨어지지 않는다. 녀석들은 창문너머로 보이는 골퍼들을 향해 짖어대기도 한다. 모든 것은 예전과 똑 같이 돌아갔다.

하지만 스프라이트가 점점 기운이 없어져 가는 현상은 여기저기서 목격되었다. 나이가 들었다는 게 눈에 확연하게 보이고, 몸속의 종양이 서서히 정체를 드러내기 시작했다. 스프라이트의 걸음이 더 뻣뻣해졌다. 예전보다 재채기를 더 자주하고 밤에 잘 때 움직임도 많이 줄어들었다. 이런 변화가 생명을 위협하는 건 아니지만 눈에 띄는 증상들이었다.

스프라이트와 함께 할 수 있는 시간이 정해져있다는 생각이 머릿속에서 떠나지 않았다. 그런 생각을 떨쳐보려고 노력했지만 역시 생각만큼 쉬운 일은 아니었다. 녀석이 잠자는 모습, 먹는 모습, 캔델과 아이들 옆에 앉아 있는 모습, 내 발 옆에 누워있는 모습을 오랫동안 가만히 지켜보곤 했다. 그리고 생각했다. 녀석이 우리 가족에게 얼마나 소중한 선물인지. 많은 시련을 겪었음에도 어쩜 저리도 우아한 기품과 위엄이 있을까. 녀석에게 많은 걸 배웠다. 내 자신에 대해서, 삶에 대해서, 그리고 품위에 대해서. 펩시에게도 아주 많은 걸 배웠다. 스프라이트가 했던 것처럼, 녀석은 처음부터 지금까지 스프라이트에게 애정과 우정을 보여주었다. 마치 둘은 예전부터 서로 알고 있는 것 같았다.

여름 내내 내 감정을 컨트롤해 보려고 혼자서 무척 애를 썼다. 우리 가족 모두에게 결국 닥쳐오게 될 일이 뭔지 알면서도 미리 대비할 좋은 방도는 없었다. 우리 가족은 늘 하던 대로 했다. 평소처럼 하루하루가 갔다.

수의사를 여러 차례 방문하는 동안 나는 접수대에 비치된 소책자를 보았다. 개와 고양이들의 안락사에 관한 책이었다. 보는 것만도 마음이 편치 않았다. 스프라이트의 운명을 받아들여야 한다는 걸 알면서도 아직은 마음의 준비가 되어 있지 않았다.

어느 날 병원을 방문했을 때 나는 그 소책자를 집어 들었다. 하지만 읽지는 않고 집에 가지고 와서 책상 서랍 속에 넣어두었다.

라우렌은 알라바마 대학교 터스컬루사 캠퍼스로부터 입학허가서를 받았다. 딸아이는 처음에는 기숙사 생활에 무척 들떠있었다. 라우렌은 캔델과 함께 학교를 방문했는데 그 캠퍼스는 캔델의 친척집과 꽤 가까운 곳에 위치해 있었다. 라우렌은 심지어 옛날 어릴 적 친구 앰브리가 그 대학에 지원했으니 그 아이와 룸메이트가 될 거라고까지 했다. 하지만 정작 8월이 되어 알라바마 근처로 떠날 시간이 되자 라우렌은 침울해 했다. 심지어는 집에서 통학 할 생각도 하고 있노라고 털어놓았다.

이 시점에서는 뭘 어떻게 해줄 수가 없었다. 라우렌은 다른 학교의 입학 제안을 이미 거절한 상태라 달리 선택의 여지가 없었다. 그래서 난 한 학기만 우선 다녀보라고 했고, 그때 가서도 멀리 떨어져 있는 것이 내키지 않으면 집에서 가까운 대학교로 옮기는 것도 고려해 보자고 했다.

학기가 시작되기 전 캔델이 먼저 첫째 째 주말에 라우엔을 학교로 데려다 주기로 했고, 나는 그 다음 주말에 가기로 결정했다. 그렇게 하면 라우렌이 학교생활에 적응하는

데 좀 더 수월할 수도 있을 것이란 생각에서였다.

8월 말 노동절을 앞둔 주말이었다. 워싱턴 DC에서 터스컬루사까지 가는 직항편이 없었다. 버밍엄까지 비행기를 타고 간 다음에 거기서부터 알라바마 대학까지 60마일정도 차를 타고 가야했다. 하지만 버밍엄까지도 직항편을 찾을 수 없어서 나는 워싱턴에서 샬럿까지 비행기로 갔다가 샬럿에서 버밍엄까지 가는 비뱅기로 갈아타야했다. 버밍엄에서부터는 차를 렌트해서 기숙사까지 운전해갔다.

샬럿을 경유해 가는 동안, 상점을 구경하면서 시간을 보냈다. 지나가다가 한 쥬얼리 가게에 진열된 세라믹으로 만든 다양한 강아지 모양의 펜던트를 발견했다. 다 직접 손으로 만든 거였다. 가게 안으로 들어가서 펩시와 스프라이트와 제일 비슷하게 생긴 펜던트 두 개를 샀다. 라우렌이 학교에 가면 두 녀석을 무척 그리워 할 거라는 걸 알았다. 딸아이는 두 녀석을 너무나 좋아했다. 이 펜던트가 펩시와 스프라이트 대신 딸아이 친구가 되어주길 바랐다. 도착해서 라우렌에게 펜던트를 보여주자 무척 맘에 들어 했다.

라우렌과 함께 기숙사 방을 정리하고 지하 공용 빨래방에 가서 딸아이 옷을 빨고, 주변 상가에 가서 이것저것 구입하면서 2박 3일을 보냈다. 같이 식사도 하면서 딸아이와 참 즐거운 시간을 가졌다. 체이스와 함께 있을 때처럼 나는 라우렌과 무척 가까워졌다. 다른 아버지들과 딸들처럼 우리도 진한 부녀의 정을 나누었다. 솔직히 말하면 라우렌이 집을 힘들게 떠나온 것처럼 이번엔 내가 딸아이 곁을 떠나야 한다는 게 너무 아쉬웠다. 그래도 우리는 서로 서운한 기색을 드러내지 않았다. 나는 일부러 스프라이트의 건강 얘기는 하지 않았다. 집에 오고 싶어 하는 걸 뻔히 아는 데 확실치 않은 말로 딸아이 마음을 울적하게 만들고 싶지는 않았기 때문이다. 라우렌은 한 학기 동안은 이곳에 계속 머물러 있어야 했다.

떠나는 아침 우리는 함께 기숙사 방에서 시간을 보냈다. 시간이 너무 빨리 지나갔다. 엘리베이터를 타고 내려오는 잠깐 동안 딸아이와 어깨동무를 했다. 로비에 도착해 출입문 쪽으로 걸어갔다. 우리는 걸음을 멈추고 포옹을 했다. 평소보다 오래 꼭 껴안고 있었다. 라우렌은 눈물을 글썽이며 미소를 지어보였다. 딸아이에게 말했다.

"그거 아니, 라우렌? 예전에 내가 기숙사 생활을 했을 때는 부모님께 전화를 일주일에 한 번씩밖에 못했었어. 왜냐하면 그 땐 전화요금도 비쌌고 한 번 걸려면 한참 동안 줄을 서서 기다려야 했거든. 하지만 지금은 핸드폰으로 통화가 가능하니 전화도 자주하고 문자 메시지도 남기고 그래라."

그녀에게 작별 키스를 했다. 그리고 등을 돌려 문으로 걸어 나오는 데 눈물이 뺨으로 한 없이 흘러 내렸다.

집으로 돌아오는 내내 많은 시간을 라우엔에 대해 생각했다. 라우엔의 새로운 삶이 시작되는데 난 딸아이를 남겨 놓고 떠나야 했다. 그리고 삶의 마지막 단계에 접어든 스프라이트에 대해서도 생각했다.

라우렌이 스프라이트를 또 못 볼지도 모른다는 생각을 했다. 만약 다시 볼 수 없다면 딸아이는 무척 가슴 아파하며 슬퍼할 것이다.

내가 확실히 아는 한 가지는, 앞으로 몇 달간이 우리들에게는 너무나 힘겨운 날이 될 거라는 사실 뿐이었다.

8

혹독한 시련의 가을

2006년 9월

9월 셋째 주 달라스에서 열리는 큰 라디오 방송 세미
나에 참석하기로 되어 있었다. 그 주에 내 생일이 있기도
했다. 이 회의는 보통 1년에 두 번 열린다. 나는 집에서 일
을 하는 편이지만, 사실 방송판매 결정권을 가진 사람들 예

를 들어, 프로그램 감독, 라디오 PD, 방송국 임원들, 그리고 거래 매체사람들과 자주 만나지 않으면 내 방송 프로그램이 계속 신디케이트 프로그램으로 선정될 확률은 그다지 높지 않다. 다른 업무처럼 이 일 역시도 관련된 사람들을 자주 만나고 친분을 쌓아야만 하는 것이다. 하지만 내 머릿속은 온통 스프라이트 생각뿐이었다.

출장에서 돌아와 보니 스프라이트의 몸 상태가 더 악화되어 있었다. 며칠 동안 녀석은 잘 걷지도 못하고 일어서는 것조차도 힘겨워했다. 어쩌다 계단 위로 올라서려는 걸 보면 뒷다리를 후들후들 떨고 있었다. 그러면 달려가서 안아 올려준다. 재채기 횟수가 더 많아졌고 훨씬 격해졌다. 오른쪽 입부분이 전보다 더 마비가 되어 이제는 턱이 잘 맞지 않았다. 그리고 얼굴은 전보다 더 안 좋아 보였다. 어떻게 증세가 이렇게 빨리 진행되어 버릴 수 있는지! 난 아직 스프라이트를 잃을 준비가 안 됐는데….

그 후 며칠 동안 우리는 혈안이 되어 수의사들에게 전화를 해보기도 하고 직접 찾아가기도 했다. 새로운 약을 써보기도 하고 양을 조절해보기도 했다. 우린 스프라이트의 건강 악화를 막기 위해 필사적으로 노력했다. 하지만 스프라이트의 상태는 좋지 않았다. 의사들은 그 보다 더 친절할 수 없었고 최선을 다 했지만 그들 역시도 마술사는 아니었다. 단지 여러 가지를 시도할 뿐이었다. 의사들은 이 병은 고통 없이 진행되는 병이라고 말했지만, 스프라이트는 분명 고통과 싸우고 있었다. 그들은 우리에게 스프라이트를 이제 그만 놓아줄 때가 되었다고 했다. 그래서 우리는 스프라이트를 최대한 편안하게 해주려고 노력했고, 주어진 시간동안 우리가 줄 수 있는 사랑과 관심을 다 쏟아 붓겠노라고 다짐했다.

캔델과 나는 우리가 스프라이트를 잃게 된다는 사실을 도저히 받아들일 수 없었다. 가족 중 누구도 그런 생각을 지금껏 해 본 적이 없었다. 정말 그랬다, 우리는 개를 키우긴 했지만 개의 생명을 언제 어떻게 끝내야 하는지를 결정해야 하는 상황에 직면해 본 적은 아직까지 단 한 번도 없었던 것이다. 이 일은 아내와 나 둘 다에게 심적으로 감당하기 버거운 타격을 주고 있었다. 만일 증세가 계속해서 악화되면 스프라이트를 안락사 시킬지 말지를 결정해야 하고, 그 다음은 시체를 어떻게 처리할지를 생각해 봐야 한다. 하지만 우리 둘은 슬픔에 복 받쳐 차마 결론을 낼 수 없었다.

우리가 마음의 준비를 할 시간이 충분히 주어졌다고 얘기하는 사람도 있을 것이다. 그랬을지도 모르지만, 충분한 시간이라는 것이 가족이나 나를 결코 덜 힘들게 해주진 않았다. 어디선가 읽었던 문구가 생각난다.

"지구별에서는 사랑한 이와 사랑할 수 있는 시간, 그리고 안녕이라고 작별 인사를 할 마음의 준비 시간이 결코 길게 주어지지 않는다." 나는 이 문장을 타이핑 쳐서 컴퓨터 모니터에다 붙여놓았다. 그것이 지금도 남아있다.

체이스도 스프라이트에게 일어나고 있는 일이 무엇인지 알고 있었다. 그 역시 스프라이트의 옆에 앉아 녀석을 어루만져 주며 이런저런 이야기를 들려주는 시간을 많이 가졌다. 체이스도 많이 속상했겠지만 자신의 감정을 드러내 놓진 않았다. 난 아들에게 누군가와 이야기를 나누고 싶다면 우리가 늘 옆에 있다는 걸 잊지 말라고 했다.

라우렌은 줄곧 학교에 있었다. 몇 주후면 집에 올 테니 그때까지 스프라이트의 상태를 말하지 않기로 했다. 혼자 멀리 떨어져있는 아이를 곁에서 달래 줄 수도 없는 데 아이를 속상하게 만들 이유는 없었다.

펩시도 자신의 친구를 걱정했다. 펩시는 내가 본 개 중에서 가장 영리한 개이다. 녀석은 또한 눈치가 매우 빨랐다. 펩시는 뭔가 안 좋은 일이 일어났음을 감지했고, 스프라이트에게 문제가 생겼다는 걸 알았다. 펩시는 매우 밝고 활기

찬 개이지만 스프라이트 옆을 지날 때면 꼬리와 귀를 축 늘어뜨리고 걸어 다녔다. 녀석이 스프라이트 곁에 웅크리고 있을 때면 웃음도 사라졌다. 그는 알고 있었다. 펩시가 우리를 쳐다보는 표정이 이렇게 묻는 것 같았다. "스프라이트에게 무슨 일이 일어난 거죠, 그렇죠?"

늦은 밤 작업실에서 혼자 일하고 있을 때면 스프라이트를 잃는다는 생각에 마음이 울컥한다. 나는 녀석과 정말 깊은 관계를 맺었다. 스프라이트는 입양된 날부터 여러 가지 병으로 고통을 받고 있었다. 하지만 스프라이트는 늘 평온했다. 어느 곳 하나 모난 구석이 없었다. 양부모의 집에서 녀석을 처음 만난 날부터 우리 가족은 녀석의 친절함, 유순함에 압도되었다.

스프라이트는 지금껏 많은 어려움을 스스로 이겨내며 오늘까지 왔다. 그리고 지금은 가장 큰 도전에 맞닥뜨려 있는 것이다. 우리는 이젠 녀석을 쉬게 해주어야 한다고 느꼈다. 나는 스프라이트의 보호자다. 하지만 녀석이 도움이 가장 필요한 시기에 난 아무런 도움도 주지 못하고 있다. 이런 사실이 날 너무 괴롭게 만든다.

다른 가족들이나 친구들에게 연락을 취했다. 러쉬 림버그가 그 친구 중 하나다. 우리는 14년간 친구였다. 정치적 문제를 제쳐놓고, 그는 내가 알고 있는 사람 중 가장 정이 많고 예의바른 사람이다.

2000년 심장수술로 합병증에 걸려 거의 6개월간 병원을 들락날락 했을 때 러쉬는 내게 나의 몸이 좋아지려면 어떻게 해야 하느냐고 물었다. 그래서 난 클리브랜드에 있는 종합병원에 가야 할 것 같다고 했다. 그런데 왜 가지 않느냐고 물었다. 우선 보험회사가 검사비용을 내주는 지를 알아봐야 한다고 했다. 병원비가 꽤 비쌌기 때문이다. 러쉬는 대답했다.

"이 상황에 무슨 보험 타령인가. 내가 다 대줄테니 자넨 무조건 가서 필요한 검사란 검사는 다 받아보고 총 얼마가 들었는지 내게 알려만 주게."

러쉬는 그런 사람이었다. 보험회사가 병원비를 대부분 지불하고 나머지 적은 금액만 내가 냈기 때문에 결과적으로 그의 도움은 받지 않아도 됐다. 하지만 난 러쉬의 넓은 아량을 결코 잊을 수가 없다. 그는 고맙다는 말 듣는 걸 별로 달갑게 여기지 않기 때문에, 난 굳이 내 고마운 마음을 말로 표현하지는 않았다.

2006년 9월 29일 러쉬와 나는 어느 밤처럼 메시지를 주고받고 있었다. 전화 통화는 거의 하지 않는다. 그는 귀 신경이식수술을 했는데도 귀가 거의 안 들려서 전화로 대화하는 데는 어려움이 있다. 우리는 밤이면 둘 다 컴퓨터 앞에 있기 때문에 주로 메시지로 대화하였다.

하지만 이 날 밤은 내가 기분이 무척 다운되어 있었다. 책상에 앉아 있는 데 마치 어두운 수렁 속으로 자꾸 가라앉는 기분이었다. 우리는 서로 속 얘기를 다 하기 때문에 난 스프라이트 얘기를 시작했고 내 솔직한 감정을 다 털어놓았다.

내가 먼저 말을 꺼냈다.

"우리 개 스프라이트가 곧 죽을 것 같아. 이 일을 어떻게 감당해야 할지를 모르겠어. 내가 질문하나 해도 될까? 자네 고양이가 죽었을 때 자넨 어떻게 했지?"

러쉬는 답을 써 보냈다.

"그 기분 충분히 알지. 내 고양이가 죽었을 때 난 정말 슬펐어. 뇌졸중이었어. 그것도 갑자기. 회복되나 싶어 일주일간 지켜보았는데, 상태가 좋지 않아 결국은 안락사를 시켰어. 정말 참담했어."

나는 물었다.

"수의사에게 데리고 가서 화장시켰나?"

"응. 땅에다가 뿌려주었어."

내가 썼다.

"내가 정말 소리 내며 운 적이 옛날에 딱 한 번 있었는데, 지금도 감정조절이 잘 안 되는군. 자네가 좀 황당할 지도 모르겠어. 때론 내가 뭘 하나 싶을 때가 있어. 자네도 그런 적 있나? 난 늘 올바른 일을 하려고 노력하네. 좋은 아빠, 좋은 남편, 좋은 친구가 되려고 노력하지만, 문득 문득 '내가 왜 인생을 살아야 하나' 하는 회의가 들곤 하지."

러쉬가 대답했다.

"나도 예전에 관병식(觀兵式) 50주년 행사에서 만난 어느 군인에게 똑같은 말을 한 적이 있었어. 그는 이라크 전에서 한 쪽 눈과 팔을 잃었어. 그가 나의 역할에 대해서 칭찬을 했기 때문에 난 황당함을 느꼈지. 그는 나를 조롱하며 말했어. '우리는 모두 우리의 역할을 가지고 있습니다.' 하고. 내 생각에 자네는 은밀한 죄의식에 빠져 있어. 마크, 그것과 싸워야 돼. 우리는 지금 이대로가 완전한 존재야. 나라를 만드는데에 우리 모두가 필요한 거야.

나는 답했다.

'종교를 믿는 사람들은 삶에는 다 뜻이 있다며 모든 걸 다 이해한다는 듯이 고개를 끄덕이곤 하지. 그렇지만 난 잘 모르겠어."

러쉬가 말했다.

"난 모든 일에 뜻이 있다고 늘 생각해. 그 믿음에는 흔들림이 없어. 교회는 안 다니지만 난 그 뜻을 헤아릴 수 없을 땐 늘 신과 대화한다네. 맬콤 머게리지라는 사람을 한번 찾아보게나. 이 사람은 기독교를 반박하려다가 독실한 기독교 신자가 됐지. 자네보고 개종하라는 소리가 아니라, 현명한 사람들은 이처럼 늘 어떠한 계기를 통해 변화를 겪게 된다는 걸 말하려는 거야."

나는 대답했다.

"음. 우리 개들은 참 사랑이 뭔지를 보여줬어."

러쉬가 말했다.

"이렇게 생각해 보게. 자네 개는 다른 개들처럼 길들여졌기 때문에 혼자서는 살 수 없는 동물이네. 자네가 그 개를 맡았고 그래서 길거리에서 혼자 살 때보다 훨씬 더 오래 살 수 있게 해주었잖아. 자네 개 스프라이트는 다른 개들 보다는 사랑을 많이 받았고, 녀석도 그 사실을 알거야. 그리고 자네 개도 자기 방식대로 그 사랑을 자네에게 보답했겠지. 조건 없이 말일세. 스프라이트가 자넬 만나서 보낸 시간들이 바로 자네가 녀석에게 준 선물이네. 자넨 아주 훌륭한 일을 한 거라고. 여기엔 전혀 의심의 여지가 없지. 살아 있는 존재는 언젠가 다 죽기 마련이야. 하지만 자네가 스프라이트에게 준 삶의 풍요로움은 다른 누군가가 줄 수 있는 그 이상인 것이었다네."

"그래, 나도 그렇게 좋은 쪽으로 생각해 보려고 해."

러쉬가 말을 계속 이었다.

"만일 자네의 판단이 옳아서 스프라이트가 마지막 숨을 거두게 되면 자넨 그 개를 그리워할 거야. 그 만큼 가까웠다는 증거지. 하지만 스프라이트가 개로서 멋진 삶을 살았다는 걸 자네도 분명 알잖아. 편안하게 보내 주는 것이 양쪽 다를 위한 일이지. 마지막 가는 길을 고통스럽지 않게 보내 주는 것도 자비를 베푸는 일이네. 자네나 가족들이 정을 많이 줘서 쉽지 않다는 거 아네. 그러나 우리 모두는 누군가와 정을 나누고 결국에는 어떤 식으로든 이별을 고하게 되지. 하지만 점차적으로 마음 안에 기쁨이 안착되지. 결국에는 그 모든 것이 다 그 자체로 가치가 있다네."

나는 썼다.

"내가 마음을 못 잡아 미안하군."

"아니야, 마음을 못 잡은 게 아니라네. 그 마음은 저 깊은 곳으로부터 오는 것이지. 자네 영혼으로부터 오는 생각들이란 말이야. 그 생각들이 바로 우리들 삶에 진정한 의미를 주지. 자넨 오늘 밤 삶의 본질에 대해 깊이 고찰하고 있는 거라네."

조금 있다 러쉬는 덧붙였다.

"누군가 자네로부터 온 따뜻함을 전해 받을 거라는 긍정적인 생각을 항상 잊지 말게. 얼굴도 모르는 사람에게 자네의 마음이 전해진다는 게 가슴에 잘 안 와 닿진 않겠지만, 그건 아주 깊고 오묘한 거라네. 때때로 자넨 자네 아이들이 지금 마음고생을 하고 있다고 생각할 수도 있겠지만, 사실 그렇지 않다네. 자네 아이들은 나이에 맞는 정상적인 단계를 밟아 가고 있는 거야. 부모인 자네의 그 따뜻한 향기와 여운은 자네가 죽고 오랜 시간이 흐른 다음, 자네의 또 다른 존재인 자네 아이들 가슴 안에서 피어날 걸세. 그리고 그 씨앗은 그렇게 계속 옮겨질 거야. 그건 정말 경이로운 순환이지. 이 흐름을 항상 마음속에 새기게나. 개를 향한 자네의 사랑 방식도 자네 아이들을 통해 드러나겠지. 암암리에 자네로부터 배운 것들이 아이들이 사람들과 관계를 맺고 만나는 일상의 삶속에서 슬며시 배어나오게 되는 거지. 하나씩 쌓여져가는 작은 것들이지. 그 사소한 것들이 자네의 참 존재이며, 선한 존재이며, 그리고 자네의 후손에게 전파된다네."

나는 남겼다.

"실상 난 죽음을 어찌 다뤄야 할지 모르겠어. 우습게도 내가 죽는 건 두렵지 않은데, 나와 가까운 남들이 죽는다는 건 너무 무서워."

러쉬가 대답했다.

"나는 늘 죽음이란 걸 깊이 생각해보네. 우리 인간이 할 수 있는 질문들 중에는 인간이 답할 수 없는, 단지 신의 존재만을 드러내는 의문들이 있지. 또, 자네가 본인의 죽음보다 타인의 죽음을 두려워 한다는 건 당연한 거지. 왜냐하면 자네는 자네가 죽으면 자신을 그리워할 수 없겠지만, 사랑하던 이가 자네보다 먼저 죽으면 그리워 할 테니까."

러쉬는 계속 말을 써 나갔다.

"내가 뭘 알았는지 아나? 자기 자신이 곧 죽게 될 거라는 걸 아는 노인들은 죽음에 대해 전혀 두려워하지 않는다는 거지. 우리 부모님도 죽음을 두려워하지 않으셨어. 갑작스런 죽음, 비행기 충돌사고들은 다르지. 난 지금껏 살아오면서 우리 주위에 일어나는 갑작스런 죽음에 대해 깊이 생각해 왔다네. 우리 모두는 갑작스런 죽음의 '의도'를 알고 싶어 하지."

"저… 러쉬, 나 지금 위층에 가서 개들이랑 같이 좀 있다 잠자러 가야겠어. 자넨 정말 좋은 친구야."

"자네도 마찬가지야, 마크. 개들이랑 재미있게 놀고 자네 자신을 위해 그 시간을 보내도록 하게."

그게 바로 내가 알고 있는 러쉬였고, 러쉬의 진정한 모습이었다.

션 해니티는 나의 또 다른 절친한 친구다. 우리는 그가 진행하는 폭스 뉴스의 Hannity & Colmes 프로그램이 끝나면 함께 집으로 온다. 그와는 밤에 차를 함께 타고 집으로 올 때뿐만이 아니라, 하루에도 여러 차례 만나서 이야기를 나눈다.

션은 스노우 볼이라는 13살 된 개가 있다. 이 개는 한 번도 아프진 않았지만 션은 내게 그 개가 서서히 기력이 약해져가고 있다고 했다. 션은 아내 질과 결혼하고 이 개를 샀다. 그는 스노우 볼과 아주 가까웠고 녀석의 건강을 늘 염려했다. 내가 스프라이트의 건강악화 때문에 슬퍼할 때 션은 내 기분을 충분히 이해했다. 어떻게 하면 스프라이트를 살릴 수 있을 지 같이 고심하며, 어느 누구보다도 내 고통을 덜어주려고 노력했다.

션이 말했다.

"자네는 할 수 있는 최고의 의료치료로 스프라이트의 생명을 연장 시켰어. 스프라이트는 자기가 사랑을 받았고 자신이 자네 가족의 소중한 식구라는 걸 알고 있을 거야."

션은 따뜻한 마음을 가진 매우 성실한 친구였다. 나의 괴로움을 덜어주려고 애쓰면서도, 또한 스노우 볼의 늙어가는 걸 지켜봐야 하는 안타까움과 아픔을 참아내고 있었다.

늙은 개를 가지고 있는 사람들에게는, 이제 관계의 끈을 슬슬 놓아야 하는 마음의 준비 기간동안 매일 느끼는 감정기복을 감당해야 한다. 현재의 기쁨과 사랑에 대해 감사하려고 노력한다. 하지만 이미 슬픔은 그 죽음을 예측할 때부터, 그리고 자신의 개가 쇠약해져 가는 기미가 보일 때부터 시작된다. 생각하지 않으려고 애를 써도 그 슬픔은 막을 수 없다.

오랜 친구 에릭이 내 컴퓨터를 봐주러 우리 집에 왔었다. 난 컴퓨터도 잘 모르고 나 자신에 대해서도 잘 모르는데, 둘 다에 대해 감당 못할 상황을 맞았다. 컴퓨터를 새로 샀는데 1주일도 안 돼서 망가져 버렸다. 다른 제품으로 교체해야 했다. 이때 컴퓨터에 일가견이 있는 에릭이 잠시 찾아와서 봐주기로 했다.

에릭의 집은 우리 집에서 그리 멀지 않았다. 그는 우리가 스프라이트를 처음 집으로 데리고 온 날부터 녀석을 자주 봐왔다. 또한 펩시가 새끼였을 때부터 알았다. 에릭이 이날

우리 집에 왔을 때, 그는 나의 얼굴을 보더니 깜짝 놀라는 표정을 지었다. 그는 내 개들을 무척 좋아했다. 그는 스프라이트를 안아주었다. 식구들 빼고 에릭만큼 내 얼굴을 보고 나의 기분과 건강 상태를 읽을 수 있는 사람도 없다. 그는 내가 맘고생하고 있는 걸 금세 눈치챘다.

에릭과 나는 어릴 적부터 동고동락(同苦同樂) 한 사이이다. 초등학교 5학년 때부터 알고 지냈다. 필라델피아의 외곽 첼텐햄 타운쉽에서 함께 자랐을 때 우리는 필라델피아에서 인기 있는 농구팀 게임을 보러가고, 기차를 타고 시내에 있는 독립 기념관에서 시간을 보내고(우리 둘 다 역사과목을 너무 좋아했다), 정치적 캠페인 관련 일도 했다. 내가 열 아홉 살이었을 때는 에릭과 우리 가족의 도움으로 지역 교육부 임원에도 출마했었다. 우리는 이웃의 수백 가정을 방문했다. 그리고 난 당선됐다!

에릭의 어머니는 그가 열 다섯살이었을 때 그만 폐기종에 걸렸다. 그녀는 수 십 년간 담배를 펴왔다. 그녀는 에릭을 혼자서 키웠고 자식은 에릭 딱 하나였다. 에릭은 어머니가 몸이 편찮아서인지 철이 빨리 들었다. 나는 에릭이 어머니를 정성스레 돌보는 모습을 늘 지켜보았다. 그는 어머니에게 필요한 치료를 받도록 하기 위해 의료체제와 맞서 싸우기도 했었다. 그의 어머니는 수년간 몹쓸 병과 힘겨운 싸움을 하셨다. 에릭의 어머니는 돌아가시기 전 마지막까지 병원 신세를 졌다.

어느 날 밤 병문안을 갔을 때 에릭의 어머니는 거의 죽음을 앞두고 있었다. 난 그 모습을 결코 잊을 수 없다. 침상 주위에 의사와 간호사들이 그녀를 살려 내려고 부산하게 움직였다. 잠깐 성공은 했지만 며칠 후에 그녀는 결국 세상을 떠났다. 그때 에릭은 겨우 스물한살이었다. 그녀는 내게 에릭을 우리 식구로 받아줘서 고맙다는 말을 남겼다. 하지만 내가 도리어 에릭에게 고마워해야 했다. 에릭의 어머니는 에릭과 내가 한 사무실에서 같은 일을 하는 걸 무척 만족해 하셨다.

에릭은 현재 개 세 마리를 키운다. 가장 나이가 많은 개 아톰이 15살이다. 녀석도 나이가 들어가는 게 슬슬 보였다. 에릭이 스프라이트 얼굴을 보고는 녀석에게 뭔가 말을 건네며 쓰다듬어 주었다. 스프라이트를 진심으로 걱정어린 눈빛으로 바라보고 있었다. 그리고 션이 그랬던 것처럼 에릭도 자신의 반려견 아톰을 떠올리며 마지막 순간을 어떻게 대처해야 할지를 생각했을 것이다.

하지만 나는 여전히 슬픔에 허덕이고 있었다. 캔델과 친구들과 슬픔을 나누는 것만으로는 충분치 않았다. 솔직히 말하자면, 신(神)이 스프라이트를 이런 식으로 대우하고 있다는 걸 도저히 받아들일 수 없었다. 스프라이트는 누구에게도 상처를 주지 않았다. 녀석은 자기의 모든 시간을 주위에 있는 사람들을 즐겁고 행복하게 해주는 데 썼다. 그 많은 어려움을 겪어 왔어도 다른 어떤 인간들 보다 훨씬 친절하고 상냥했다. 그리고 비로소 이제 겨우 두해 정도 우리랑 함께 있으면서 당연히 받아야 할 사랑과 관심을 받으며 안전하게 살고 있는데, 이제 곧 죽어야 한다니⋯. 신이 어찌 이렇게까지 할 수 있는 지 납득할 수 없다. 나의 종교를 위시해서 위대한 종교들은 신의 뜻을 운운하지만 그건 나완 상관없다. 그리고 이런 질문을 던지는 사람이 내가 처음은 아닐 것이다. 나도 전에 내가 사랑했던 사람들과 동물들을 잃었지만 이번만큼은 좀 다르다.

9월이 끝나고 10월이 시작됨과 동시에 놀라운 일이 일어났다. 새로운 달이 시작되고 10일 쯤 지났을 까? 스프라이트가 예전의 기운을 되찾은 것이다!

녀석은 필사적으로 죽음을 이겨내고 있었으며 계속 살기를 원했다. 안정을 되찾고 슬슬 활동을 시작했다. 어느 날 목줄을 매지 않고 스프라이트를 데리고 산책하러 갔는데 옛날 그 좋았던 시절 처럼 '데블모드'로 변해서 막 뛰어다니는 걸 보고 가슴이 뭉클했다. 나는 그 놀라운 광경을 목격하고는 잠깐 동안 멍하니 서서 기쁨에 겨워 흐르는 눈물을 닦았다.

평생 잊지 못할 날이었다. 그건 마치 스프라이트가 그 동안 비축한 에너지를 모아 이번 주말에 집에 오게 될 라우렌에게 자신의 건강한 모습을 보여주려고 필사의 노력을 하는 것만 같았다.

그 주말은 실로 하늘이 주신 선물이었다. 가족들이 모두 함께 모였다. 딸아이는 스프라이트를 안고 이야기하며 많은 시간을 녀석과 함께 보냈다. 스프라이트랑 다 같이 사진도 찍었다. 한 순간 한 순간이 너무 보석처럼 소중했다.

이날은 레빈네 가족들에게 정말로 소중한 주말이었다.

그 후 우리 라우렌은 다시는 스프라이트를 보지 못했다.

9

추수감사절의 기도

2006년 11월

스프라이트가 몸치장을 할 수 있을 정도로 기운이
나서 캔델은 스프라이트와 펩시를 차에 태워 애견 미용실로
데리고 갔다. 아내는 휴가 같은 날에는 녀석들을 예쁘게 꾸
며 주는 걸 좋아했다. 애견미용사는 스프라이트의 건강 상태

와 고충을 충분히 이해하며 매우 따뜻하게 보살펴 주었다.

집에 돌아온 우리 개들은 눈이 부실 만큼 멋졌다. 녀석들도 그걸 알고 있는 눈치였다. 펩시는 온 집안을 뛰어다녔다. 심지어 스프라이트도 자기의 달라진 모습을 보여주려고 가족들한테 가서 다 한 번씩 안겼다. 애견미용사가 두건을 씌워 놓았는데 감촉이 좋긴 했지만 나는 녀석들이 불편해할까 봐 곧 벗겨 주었다.

스프라이트와 함께 한 세 번째 할로윈 데이 축제는 우리의 첫 번째 할로윈 데이와는 달리 모든 게 매끄럽게 잘 진행되었다. 펩시와 스프라이트는 창밖으로 보이는 긴 할로윈 행렬을 향해 멍멍 짖어대고 꼬리를 마구 흔들어 대면서 행복한 듯 온 집 안을 돌아다녔다. 나는 자주 녀석들에게 눈길을 주었다. 요새는 녀석들과 함께 하는 매 순간을 더욱 소중히 여기지만, 바로 이 시간이 스프라이트와 함께하는 마지막이 되지 않을까 두려웠다. 우리는 늘 함께 했다. 중요한 것은, 그것이 무엇이 됐든 펩시와 스프라이트는 우리들의 작은 정성에 늘 행복해한다는 사실이었다.

11월은 여행하기에 적합한 달은 아니다. 그래도 이번 봄에 사업상 출장 가기로 결정해 놓은 두 곳을 이제 와서 못 간다고 취소할 수는 없었다. 그리고 추수 감사절 휴가기간을 이용해 바하마로 여행을 가기로 했고 이 일을 위해 우리는 여름 내내 꽤 많은 돈을 저축해 놓았다.

11월 초 나의 첫 번째 출장은 밀워키에 있는 지역 라디오 총협회를 방문하는 거였다. 11월 3일 금요일 버지니아를 떠나 다음 날 돌아오는 짧은 일정이었다. 주말부터 월요일까지는 내 라디오 프로에서 진행하는 중간 선거 준비운동을 모니터링 하는 일로 집에서 줄곧 바쁘게 지냈다.

나는 정치에 심취한 사람이지만, 35년 만에 처음으로 하는 선거운동에 나의 온 열정을 쏟지 못했다. 물론 나는 내가 지지하는 후보자들이 당선되기를 바랐지만, 사실 그 때 나의 모든 마음은 오직 스프라이트와 가족에게로 가 있었다.

나는 스프라이트가 회복되고 있다고 믿으면서 그런 생각을 계속해서 내 뇌리에 주입시키기 시작했다. 실제로 녀석은 얼굴빛도 좋아졌고 움직임도 나아졌다. 우리 집은 거의 예전의 모습으로 되돌아왔다. 펩시와 스프라이트는 전처럼 문 밖에서 놀면서 내 라디오 쇼가 끝나기를 기다렸다. 녀석들은 매일 밤 나와 함께 저녁 식사를 했다. 스프라이트는 계단을 훨씬 더 잘 오르고 내렸다. 그리고 우리는 아침과 저녁마다 더 멀리까지 산책했다. 그러나, 이런 현상은 나의 상상이 나를 현혹시키고 있는 것에 지나지 않았다.

11월 중순 어느날, 캔델과 나는 스프라이트가 원을 그리며 이 방 저 방 걸어 다니는 걸 알아챘다. 계속 그러는 건 아니었지만 매우 신경이 쓰였다. 내가 스프라이트 쪽으로 다가가면 녀석은 살짝 정상으로 돌아오기도 시작했다. 제한 적이었고 밤에만 하던 졸도도 요즘은 더 자주 했고 더 오래 쓰러져 있었다. 이제 우리는 스프라이트를 오랫동안 혼자 두지 않으려고 한 방에서 가까이 머무르며 지냈다.

스프라이트 문제로 자주 상담하러 찾아간 크리스 호슨 박사는 이제 우리의 친구가 되었다. 우리는 크리스에게 스프라이트가 최근에 취한 일련의 행동들에 대해 설명해주며 무슨 일인지를 물었다. 그는 스프라이트의 뇌종양이 커져서 신경계를 압박하여 녀석의 동작 통제 능력이 떨어진 것 같다고 했다.

빌어먹을 종양이 범인일 거라고 짐작은 했지만 우리는 그 사실을 믿고 싶지 않았다. 가슴이 무너져 내렸다. 종양이 커지는 걸 막을 방법은 없었다. 수술을 시도했다간 오히려 상황만 더 악화 될 뿐이었다. 크리스에게 스프라이트가 고통을 느끼고 있는지를 묻자, 그는 그렇지는 않을 것이라고 했다. 그는 몸의 동작 조정 기능을 일부 상실한 사람도 아직까지 살아있다는 예를 들어주었다. 우리는 약과 약을 섞어서 다르게 투약해 보기도 했지만 별다른 효과가 없었다.

우리 불쌍한 개는 자기가 어디가 아픈지, 어떻게 아픈지, 우리가 어떻게 해줬으면 좋겠는지를 우리에게 전달할 방법이 없다. 그저 녀석이 어떤 고통을 겪고 있는지, 우리가 올바른 결정을 잘 내렸는지를 짐작할 뿐이지 결코 아무도 확신할 수 없는 것이다. 바로 이게 우리 인간이 개들과 살면서 겪는 가장 안타까운 일 중의 하나다.

이번엔 두 번째 출장을 가야 했다. 이번 출장은 플로리다의 팜비치에서 열리는 토론회에 참석하는 것이다. 나는 〈사법제도의 개선〉이라는 주제에 패널의 한 사람으로 참석하기로 되었다. 떠나기 직전까지 취소를 할까말까를 고심했지만, 나로 인해 진행이 매끄럽지 못하면 안 될 것 같아서 그냥 참가하는 쪽으로 마음을 굳혔다. 이미 행사 식순에 내 이름도 인쇄되어 나간 상태였다. 이번 토론회는 4일간이나 진행된다. 첫 날 회의에 참석하고 호텔에 돌아와 캔델에게 전화로 스프라이트의 몸 상태를 물었다. 아내는 스프라이트가 별로 좋지 않다고 했다. 더 자주 원을 그리며 걷는다고 했다. 나는 별 다섯개짜리 브리커스 호텔의 고급 시설과 주변 바닷가의 아름다운 풍경도 전혀 눈에들어오지 않았다. 오히려 단 일초라도 그곳에 있는 게 싫었다. 나는 잘 못된 시간에 잘 못된 장소에 와 있는 것이었다.

플로리다에서 두 번째 날을 보내면서 본톤 비치 근처 마을에 살고 있는 부모님 댁을 방문하기로 했다. 아버지 어머니는 이제 연로하시고, 두 분 다 건강이 좋지 않다. 아버지와는 매일 라디오 프로그램을 끝내고 몇 분간 전화 통화를 하기는 하지만 두 분 얼굴을 오랫동안 뵙지 못했다.

어머니께서는 나를 위해 추수감사절 저녁 식사를 손수 준비하여 주셨다. 건강이 좋지 않은 상황에서도 자식을 사랑하는 어머니의 마음은 나를 다시 한 번 깜짝 놀라게 만들었다. 그 음식을 먹으면서 어렸을 때 어머니가 만들어 주신 음식들이 생각났다. 어머니께서는 심장병과 당뇨병에 여러 가지 병이 같이 와버려서 지금은 거의 거동하실 수 없고 소리도 듣지 못하신다. 하지만 어머니는 내게 칠면조 요리를 손수 만들어 주시려고 힘들게 고생하셨다. 먹는 내내 목이 메었다.

아버지 얼굴을 뵈니 더욱 마음이 안쓰러웠다. 최근 수술을 받으셔서 몸이 마르고 훨씬 더 수척해 지셨다. 아버지께서 지난 몇 달간 수술을 받은 건 알고 있었지만 이정도 까지 되신 줄은 몰랐다.

나는 단 몇 시간만이라도 부모님과 함께 있어드려야 했

고, 부모님도 나와 함께 하는 시간을 무척 좋아하셨다. 부모님과 나는 사이가 매우 가깝다. 지금의 내 모습과 내가 얻은 것들은 두 분이 내게 보여주신 모범적 모습과 가르침 덕분이다. 부모님은 항상 내가 하는 일에 힘을 북돋아 주셨다. 두 분은 매일같이 열심히 일하셨다. 그리고 늘 우리 세 형제들을 위해 희생하셨다. 두 분은 성실함과 좋은 인품을 지니셨고 서로와 가족들에게 헌신하셨다. 그들은 신의 사랑과 나라 사랑, 가족 사랑을 자식들에게 전해주는 것에 책임감을 갖고 계셨다.

두 분께 스프라이트 상황에 대해 언급하지 않기로 마음먹었다. 두 분 옆에 같이 있는 것만으로도 내게 큰 힘이 되었다. 그리고 그 날 밤 작별 인사를 하고 호텔로 돌아왔다.

토요일에 나는 집으로 돌아오고 일요일에 캔델은 알바마 대학으로 가기로 되었다. 학교에 가서 라우렌을 데리고 알바마로 오면 체이스와 내가 거기서 기다리기로 했다. 이날은 추수감사절이라 여행을 가기로 되어있었지만 사실 캔델과 나는 마음이 내키지 않았다. 우리는 집을 떠나기가 꺼림칙했지만 아이들을 실망시키고 싶지 않았다. 게다가, 미리 비행기 표를 끊어 놓고 아트랜티스 리조트에 숙박료를 치렀기 때문에 그만둘 수가 없었다.

무엇보다 일요일 밤에는 스프라이트가 며칠 전 보다 상태가 훨씬 안 좋아져서 더욱 망설여졌다. 이제껏보다 가장 오랜 시간 동안 침실을 왔다 갔다 했다. 스프라이트를 진정시키기 위해 바닥에 앉아 녀석을 내 무릎 위에 올려놓았다. 많이 수척해졌고 갈비뼈와 날갯죽지가 만져질 정도로 말라 있었다. 나는 녀석에게 나지막한 목소리로, 나는 네 곁에 있을 것이고 모든 것이 잘 될 것이니까 긴장을 풀라고 자꾸자꾸 되뇌어 주었다. 녀석이 잠깐 동안만 이렇겠지 라고도 생각해 보았다. 하지만 그렇지 않았다. 얼마 후 스프라이트는 나한테서 떨어지려고 발버둥을 치더니 다시 방안을 왔다 갔다 했다. 크리스 말이 옳았다. 녀석은 지칠 때까지 방 주위를 계속 빙빙 돌았고, 그건 자기가 그러고 싶어서가 아니라 자기 스스로 멈출 수 없기 때문이었다.

스프라이트를 들어서 침대 위 내 옆에 눕히자 일시적으로 안정을 되찾는 것 같아 보였다. 내 발에 머리를 기대더니 결국 잠이 들었다. 난 녀석이 깰까봐 움직일 수가 없었다. 사실 스프라이트에게서 눈을 뗄 수가 없었다. 녀석의 짧은 하얀 꼬리에서부터 발바닥과 다리, 하얀 솜털 가슴부터 구부러진 황갈색 등, 그리고 입, 머리, 감고 있는 두 눈까지 몸 구석구석을 살펴보았다. 그 놈의 종양이 일그러뜨린 머리를 쓰다듬고 넓적다리를 어루만져주며 그의 부드러운 귀를 살짝 들어올렸다. 나는 그 후 며칠 동안 종종 이런 시간을 가졌다.

내 오감을 이용해 스프라이트의 모습을 가슴속에 새겨 두어 영원히 간직하고 싶었던 것이다.

펩시도 스프라이트의 불쌍한 건강상태에 영향을 받았다. 그날 밤 펩시는 두려움에 차 보였고 활기가 없었다. 스프라이트의 행동이 평상시보다 아주 조금 변화가 생긴 거라서 펩시는 친구에게 무슨 일이 일어났는지 눈치 채지 못했다. 그래서 펩시에게 특별한 주의가 필요했다. 녀석에게 말해 주었다.

"스프라이트가 몸이 별로 안 좋단다. 우리가 스프라이트와 얼마나 더 오래 함께 할 수 있을지 모르겠구나."

펩시가 나를 바라보는 표정이 자신도 알고 있다는 듯했다.

다음 날 나는 우리의 휴가기간 3일 동안 스프라이트와 펩시를 정성껏 보살펴 줄 수 있는 사람들을 찾아야 했다. 정말 내 가족 이상으로 성심껏 잘 보살펴 줄 수 사람들에게 연락을 해보았다.

크리스에게 하루 한 번씩 우리 집에 들려 우리 개들을 들여다 봐줄 수 있는 지 물었다. 그는 주저하지 않고 그러겠다고 대답해 주었다. 크리스는 매우 특별한 수의사이자 마음이 따뜻한 사람이었다. 이 특별한 상황에서 모든 수의사가 그러듯이, 그도 동물들과 그 주인들을 마음을 다해 보살펴 준다. 그는 또한 스프라이트와 펩시에게 특별한 애정을 가지고 있었다.

이웃 멘토나카 부부에게 우리가 집을 비운 사이에 개들 밥을 챙겨주고 산책을 시켜줄 수 있는지 물었다. 이번은 경우가 좀 다를 거라고 미리 말해 주었다. 스프라이트의 몸 상태가 별로 좋지 않기 때문에 좀 더 수고스러울 거라고 했다. 우리 개들은 하루에 적어도 네 번은 밖에서 잠깐씩 걸어 다녀야 한다고도 일러두었다. 최근에 스프라이트의 이상한 행동에 대해서도 이야기 해 주었다. 그들은 기꺼이 도움을 주겠다고 약속했다.

동네 꼬마 에릭은 우리가 마을을 떠나 있는 동안 개들과 놀아주기 위해 주말에 우리 집에 와 있겠다고 했다. 그리고 라우렌의 남자친구 댄도 개들과 함께 놀아주겠다고 약속했다.

나는 또한 개들에게 올바른 음식과 약을 먹일 수 있게끔 꼼꼼히 전달사항을 남겼다. (현재 스프라이트는 부드러운 음식만 먹는다.) 그리고 스프라이트가 집안 어디에서 걸어 다니고 있는지 언제든 볼 수 있도록 불을 몇 개 켜 놓기를 부탁하며, 비상시 우리 연락처도 남겼다.

나는 스프라이트와 펩시가 가장 좋은 사람들의 손에 맡겨졌다는 걸 알았다. 착한 내 이웃들이 고마웠다. 하지만 그래도 여전히 내가 잘했다고 느끼지 못했다. 스프라이트를 남겨두고 떠난 다는 게 마음이 편치 않았다.

체이스와 내가 캔델과 라우렌을 만나기 위해 마을을 떠나기 전날 밤 11월 21일, 라디오 방송 프로에서 나는 예상치도 않게 스프라이트와 펩시 그리고 추수감사절에 대한 나의 생각들을 청취자들과 함께 나누기 시작했다. 연휴기간 동안 며칠을 쉬기 때문에 이번이 휴가 전 나의 마지막 프로였다.

나는 라디오 청취자들과 매우 솔직하게 마음을 털어놓았다. 그 방송 중에 스프라이트와 펩시는 작업실 안에 있었다. 진행 중 녀석들과 눈이 마주치면 뭔가가 가슴 속에서 확 치밀어 올라왔다. 때때로 내 목소리가 떨려 나왔다.

추수감사절에 대한 얘기를 잠시 나눠보도록 하죠. 그리고 레바논과 그 밖의 여러 소식들로 가보도록 하겠습니다. 그렇지만, 우리 주위 사람들에게 관심을 갖고, 우리가 가지고 있는 것을 살펴보고 우리가 얼마나 위대한 국민인가를 점검해 보는 것은 정말 중요한 일입니다.

추수 감사절은 정말 특별한 날입니다. 그리고 이 스튜디오 안에 제 개들이 있다는 걸 알려드리는 건 오늘 밤이 처음인 것 같습니다. 저는 개를 두 마리 키우는 데 이름이 펩시와 스프라이트입니다. 펩시는 까만 개입니다. 스프라이트는 밝은 색이구요.

음… 2년 전에 동물애호협회를 통해 스프라이트를 입양했습니다. 참으로 예쁜 개입니다. 둘 다 수컷입니다. 펩시는 새끼였을 때 얻었습니다. 여덟살 정도 됐습니다. 스프라이트의 나이는 확실히 모릅니다.

스프라이트를 입양했을 때 임시보호 부모가 세살에서 여섯살 사이라고 말해주었습니다. 근데 수의사는 적어도 열두 세살은 된 것 같다고 하더군요. 제 생각으론 그 보다도 더 늙은 것 같습니다. 그리고 지금은 더 빨리 노쇠해가고 있습니다.

스프라이트는 정말 훌륭한 개입니다. 개를 키우는 사람들은 아마 제가 무얼 말하는지 아실 겁니다. 그리고 성격이 참 유순합니다. 정말 사랑스럽습니다.

그리고 녀석은 머리에 종양이 있다는 진단을 받았습니다. 한 8, 9 개월 전에요. 생명에 지장이 있거나 고통은 없지만 때때로 몸에 이상이 옵니다. 그리고 저는 이 개를 2, 3개월이라도 더 살릴 수만 있다면 뭐든 다 할 겁니다. 어떤 일이든지요. 하지만 이런 일은 일어나지 않는군요.

여기에 앉아 녀석의 얼굴을 보면서 이 개가 우리 가족들의 삶 속으로 들어왔다는 사실에 감사합니다. 사람들은 많은 것을 잃습니다. 내 주위 사람들이 아들과 딸을 잃었습니다. 전쟁으로 암으로. 내 친구 리피엔은 뇌암으로 아들을 잃었습니다. 얼마나 애통하고 슬프겠습니까.

하지만 어쨌든 나는 이 개와 짧은 시간이나마 함께 할 수 있었다는 걸 신께 감사합니다.

스프라이트, 뭐하는 거야? 이리와. 너 거기서 내 다음 프로그램 대본을 엉망으로 만들어 놨구나. 녀석, 괜찮아.

어쨌든 내가 왜 이런 얘기를 꺼냈는지 잘 모르겠습니다. 나의 사랑과 고통을 내가 사랑하는 청취자 여러분과 함께 같이 나누고자 합니다. 항상 꾸준히 청취해주셔서 감사합니다. 지금 방송을 듣고 계신 분들 중에 아주 힘들어 하는 분들도 있겠죠. 사랑하는 사람을 잃었거나, 사랑한 이가 병에 걸려 마음 아파하고 있거나, 본인이 병에 걸려 힘들어 하는 사람도 있겠죠.

자기 자신이나 다른 가족들에게 저질렀던 잘못으로 죄책감에 힘들어 하는 사람도 있을 겁니다. 혹은 사랑하는 사람이 군대에 가있는데 사고가 났거나 사망해서 슬픔에 빠져 있는 사람도 있겠죠. 얼마나 마음 아프시겠어요. 그 마음 잘 압니다.

그리고 또 애완견을 잃어서 낙담에 빠진 사람도 있을 것입니다.

저는 종종 죽음과 삶에 대해 생각합니다. 하지만 불가사의(不可思議)할 뿐이죠. 검은 하늘과 구름을 올려다보죠. 맑은 밤하늘의 별을 보기도 하죠. 모든 것이 경이로울 뿐입니다.

추수 감사절은 정말 중요한 날입니다. 그리고 저희 레빈 가족에게 특히나 중요합니다.

방송을 통해 난 내 심정을 다 표현할 순 없었지만 내 마음의 상태를 전달했다. 그리고 그건 적어도 내겐 매우 중요한 문제였다.

나중에 알고 보니, 이 방송을 듣는 사람들도 역시 마찬가지였다.

나의 팬 카페 marklevinfan.com와 내가 제일 좋아하는 사이트 freepublic.com에 몇몇 분의 친절한 청취자 분들께서 방송을 듣고 사연을 남겨주셨다. 내가 이미 경험했던 슬픔들을 지금 겪고 있는 사람들이 참으로 많다는 걸 실감했다. 그리고 그 사연들을 여기서 함께 나누겠다. 그러면 당신은 슬픔을 겪는 사람이 당신 혼자만이 아니라는 걸 알게 될 것이다.

특히나 가슴 아픈 사연들이 여기 있다.

할아버지 할머니 이모 삼촌을 잃었습니다. 친구를 잃었습니다. 아버지를 잃었습니다. 사랑한 사람들의 죽음은 젠장 너무 가슴 아프고, 언제 왜, 어떻게 그랬든 간에 어떤 말도 사랑한 이가 떠나버렸을 때 느끼는 허전함과 고통을 줄여주지 못합니다. 두 마리 개도 잃었습니다. 한 마리는 내가 성인이 될 때까지 늘 내 곁에 있어주었던 소꿉친구이고, 다른 한 마리는 아내와 내가 동물보호소에서 데리고 온 개인데 6년 전에 죽었습니다. 지금은 10살짜리 개를 키우고 있습니다. 저는 인간의 죽음과 개의 죽음을 비교하지 않습니다. 그래도 이것 한 가지만은 말할 수 있어요. 강아지에게 했던 것보다 인간의 죽음 앞에서는 좀 더 떳떳하게 대처했다는 겁니다. 누구도 피할 수 없는 인간의 상실 앞에 우리는 어쨌든 강해져야 합니다. 그 상실이 불시에 일어나거나 시기상조라도 말입니다. 하지만 사실 동물의 상실 앞에서는 3배로 강해져야 하는데, 아무튼 그 상실감과 허전함은 감정의 레이더망 아래로 슬며시 찾아와서는 스마트 미사일처럼 당신 가슴에 쾅 하고 사정없이 떨어질 겁니다. 이런 일이 또 일어날 수 있을까 싶을 만큼 말이죠. 우리 인간의 깊은 내면을 감동시킨 것은 개들이 우리에게 준 진심어리고 조건 없는 사랑, 충성, 헌신의 순수함일 겁니다. 어째든 난 내 강아지가 죽었을 때 어린 아이처럼 울었고, 지금도 그 개를 생각하면 목이 멥니다.

이 주제와 관련해 내가 가장 좋아하고 다소 위안이 되는 이야기를 들려 드리죠. 어느 TV 쇼에서 들었던 옛 인디언 신화에 나온 강아지 이야기입니다. "고대에는 인간과 동물이 똑같이 의사소통이 됐는데 지구에 작은 틈이 생겼다. 한 쪽 편에 사람이, 그 반대편에 동물이 있었다. 그 틈이 점점 커지고 넓어져서 그 둘을 떨어뜨려 놓았고, 틈이 너무 벌어져서 왔다 갔다 할 수 없을 정도로 되었는데. 개 혼자만 그 틈을 훌쩍 넘어와서 사람과 함께 있을 수 있었다."

스프라이트와 마크씨께 신의 은총이 함께 하시길 빕니다.

고인이 된 우리 친구들이 천국에서 우리가 어서 오기를 손꼽아 기다리고 있듯이, 스프라이트도 그곳에서 당신에게 침을 잔뜩 묻히면서 뽀뽀해 줄 날을 기다리고 있을 거예요.

– 마크 던으로부터

당신의 사랑하는 개 스프라이트의 이야기를 듣고 내가 얼마나 슬퍼했는지 말로 다 표현이 안 되는군요. 지금껏 살아오면서 나는 여러 개들의 주인이 되어봤기 때문에 당신이 얼마나 가슴 아파할지 잘 압니다. 그들은 우리 삶에 다가와서 엄청난 기쁨과 행복을 가져다줍니다. 회사 일로 기분이 언짢은 날 퇴근해서 현관문으로 들어서면 녀석들이 우리를 반겨주려고 꼬리를 흔들고 엉덩이를 실룩거리며 그곳에 기다리고 있습니다. 불현듯 내가 뭣 때문에 기분이 언짢았었지? 하는 마음이 듭니다. 그리고 녀석들이 우리에게 가져다 준 행복의 대가를 바라던가요? 사랑, 조건 없는 사랑입니다. 머리 쓰다듬기, 배 문지르기, 공 물어 오기, 소파에 같이 앉기. 이 충성스런 친구들로부터 받은 것, 그건 정말 큰 게 아닙니다. 충직한 한 식구죠. 충성스런 친구가 죽음을 맞이할 날을 보는 것은 정말 가슴 아픈 일이지만, 마지막에 그 친구는 자신이 사랑받았음을 압니다. 자신이 좋은 가족을 만났고 자신을 잘 보살펴 준 따뜻한 사람들을 만났다는 걸 알 겁니다. 녀석들을 아프게 하는 것이 무엇인지를 우리에게 털어놓고 말해주기를 바라지만, 그들은 나름대로 자신들의 감정을 표현합니다. 바로 그들의 눈동자를 보고 우리 친구들의 마음을 읽을 수 있답니다.

만일 마음씨 좋은 신이 당신의 개의 생명을 거두어 가지 않는다면 수의사는 개가 고통스러워하지 않기 때문에 좀 더 데리고 있으라고 할 거고. 그러면 당신은 그렇게 하면 됩니다. 왜냐하면 결국 개가 떠날 때가 됐음을 당신에게 알려줄 것이기 때문이죠. 나는 그런 걸 수 십 번 봐왔습니다. 그들은 자신들이 쉬게 될 시간을 정확히 압니다.

당신과 당신의 가족들에게 신의 은총을 빕니다.

당신의 힘든 시간 동안 나는 기도할 겁니다. 휴가 즐겁게 잘 보내세요. 당신의 특별한 개를 함께 산 동안 매우 행복하게 만들었다는 걸 잊지 마세요.

- 롱 아일랜드의 피터

정말 안 됐네요. 저도 열 살짜리 내 친구 스톰(도베르만 테리어)을 잃었습니다. 녀석은 내가 가는 곳은 어디든 나를 따라다니는, 거의 나의 그림자 같은 존재였습니다.

개들이 우리에게 가져다 준 기쁨을 돌이켜 보지만, 또한 우리가 개들에게 준 기쁨을 알아야 하고 흐뭇하게 느껴야 합니다. 개의 사랑스런 주인이 된다는 것은 대단한 일입니다. 그리고 그건 개들의 삶을 완전하고 또한 사랑으로 가득 차게 만들어주는 일이기도 하죠.

- 하보크

7년 전 세퍼트와 랩의 혼혈종인 '후터'가 수의사에게 가는 길에 내 딸에서 숨을 거두었습니다. 우리 모두에게 개들은 식구입니다. 그들은 우리를 무조건적으로 사랑하고, 우리가 속상해할 때, 그 속상함을 풀어줘야 할 때를 압니다. 수지가 고양이 오또를 데리고 우리 집에 왔었을 때 오또와 후터는 곧바로 친해졌습니다. 오또는 그때 개를 처음 봐서 개를 무서워할 줄을 모르는 것 같았습니다. 후터는 전에 고양이를 본 적이 있어서 새로운 놀이 친구를 발견한 듯 보였습니다. 둘은 6개월 동안 친구로 지냈습니다. 둘은 서로에게 득이 되는 것 같았습니다. 당신과 당신 가족들이 이 둘처럼 늘 그렇게 지내기를 기도합니다.

— 삭스 마신

작년 나의 반려견 폴키를 잃었습니다. 이 개는 12살에 나의 특별한 친구가 되었습니다. 폴키는 건강이 좋지 않았고, 난 신에게 폴키가 잠들 때 데려가 달라고 기도했습니다. 어느 날, 그 기도가 이루어졌습니다. 그래도 난 때때로 폴키가 정말 보고 싶습니다.

— 트레드 파운드리

5년 전쯤 의사인 저는 잔뜩 겁에 질린 불쌍한 3살짜리 닥스
훈트를 안락사 수술대 앞에서 눈물을 글썽거리며 바라보게 되
었습니다. 그 강아지는 양 쪽 뒷다리 균형이 안 맞아 똑바로 걷
지 못한 탓에 허리 디스크가 걸린 강아지였습니다. 나는 개가
움직이는 데는 약간 문제가 있어도, 잘만 보살피면 건강이 좋아
질 것 같다는 생각을 하고 그 작은 닥스훈트의 미래를 떠맡기로
맘먹었습니다. 내가 한 결정에 감사할 따름입니다. 엘모는 그
후 5년을 더 살았습니다. 어느 날 CT 촬영을 한 결과, 뇌종양이
심해져서 더 이상 살 수 없다는 사실을 알고 안락사를 결정하기
까지 정말 쉽지 않았습니다. 그 고민하던 3 개월 동안 저와 제
아내가 엘모를 위해 시도한 여러 의료치료와 사랑과 관심도 그
의 괴로움을 보상하기에는 불충분했지요.

　내가 지난 35년간 동물들 약을 짓고 수술을 하면서 본 강아
지들 중에 왜 유독 엘모가 가장 소중하고 사랑스러웠는지 딱히
그 이유를 말할 수는 없습니다.

　나는 모든 강아지들의 연인이 되어보려고 노력했지만, 다른
강아지들과 비교해 보면 엘모가 단연 최고였지요. 아마도 녀석
을 대신할 강아지는 앞으로도 없을 겁니다.

　서로에게 소중했던 두 영혼들은 언젠가는 다시 합쳐진다고
하지요. 사랑한 이가 없는 천국보다는 차라리 소중한 이가 있는

곳이라면 어느 곳에서라도 함께 머물겠노라고 말할 수 있다면 충분하리라 봅니다.

- 터스크

나의 청취자들로부터 온 더 감동적이고 좋은 이야기들이 많지만 이 정도로만 소개해야겠다. 그들 모두가 나의 큰 가족의 한 일부라고 생각한다. 나의 청취자들이 내 삶의 일부를 나와 공유할 필요가 있듯이, 나도 그들과 함께 할 필요가 있으리라 생각한다. '고통은 친구를 사랑한다'는 말 보다는, '고통은 친구를 필요로 한다'는 말이 더 적합한 것이다. 우리 모두는 우리가 혼자가 아니며, 다른 사람들도 우리들과 똑 같은 일을 겪었으며, 가슴이 찢어지면서도 가까스로 살아가고 있다는 사실을 알아야한다.

절망뿐인 수색작전

2006년 12월

캔델과 나는 우리의 여행을 최고로 재미있게 만들려고 노력했지만 결과는 형편없었다. 사전계획과 예약에도 불구하고 우리 호텔방이 잘못 배치되었다. 그리고 추수감사절로 방이 꽉 차있어서 우리는 두 번이나 방을 옮겨 다녀야만 했다. 날씨도 협조를 해주지 않았다. 바람이 어찌나 세게 부는지 해변에 나가기 좋은 날씨가 단 하루도 없었다. 우리는 아이들을 위해 즐거운 표정을 하려고 애를 썼지만 둘 다 정신적으로 지쳐있었다. 이 소중한 시간을 개들과 집에서 보내야 하는데 바하마에서 시간을 보내고 있다니…. 그럼에도 우리는 언짢은 상황들을 이겨내려고 노력했다.

추수감사절이 지나고 다음 날, 라우렌과 나는 택시를 타고 그리 멀지 않은 나사우로 갔다. 여자 택시 운전사는 그 섬에서 가장 끼가 넘치고 입담이 좋은 사람 같았고, 그녀의 입은 모든 소문의 원천지인 듯 했다. 내가 그녀에게 20달러 팁을 주자 그렇게 좋아할 수가 없었다. 그녀는 팁을 받을 만 했다.

우리는 몇 군데 가게를 구경하며 밝은 빛깔의 돌로 만들어진 반지와 몇 가지 물건을 샀다. 그 반지는 라우렌에게 주는 크리스마스선물이었다. 우리는 도로변에 위치한 하드락카페에 가서 점심을 먹었다. 해변의 전경이 멀리 바라보이는 2층 창가 테이블에 앉았다. 거리에 오고가는 사람들을 내려다보기도 했다. 라우렌과 나는 아름다운 전망과 또 몇 주후에 학교에서 집으로 돌아올 일에 대해 이야기를 나눴다. 그런데 문득 집 생각이 났을 때 내가 이곳에 있다는 게 내 처해진 상황과 맞지 않다는 생각을 하게 됐다.

캔델과 나는 라우렌에게 스프라이트의 건강이 최악의 상태라는 걸 말하지 않기로 했지만, 라우렌이 아무것도 모르게 하고 싶진 않았다. 그래서 나는 라우렌에게 스프라이트의 검사 결과가 좋지는 않지만 우리가 할 수 있는 일은 뭐든 하고 있다고 말했다. 또한 스프라이트가 죽음의 문턱에 있는 건 아닐 거라고도 했다. 이 말을 딸아이에게 말하면서 나는 속으로 거의 그렇게 확신했다. 그렇게 믿고 싶었으니까.

호텔에 돌아왔을 때 나는 크리스에게 전화를 걸어 스프라이트가 어떤지를 살펴봐 달라고 했다. 그는 내게 스프라이트를 두번이나 확인했고, 지금은 의식이 깬 상태로 바닥에 웅크리고 앉아있다고 했다. 녀석이 방에서 계속 서성대며 돌아다니지만 그렇게 심하진 않다고 했다.

드디어 토요일 떠날 시간이 되었다. 아내와 딸은 좀더 일찍 비행기를 타고 알바마로 떠났다. 체이스와 나는 비행기 출발 4시간 전에 공항에 도착했는데도 조금만 더 늦었으면 비행기를 놓칠 뻔 했다.

만일 비효율성의 본보기 공항을 들라고 한다면 나는 서슴지 않고 바하마 공항을 꼽을 것이다. 절대 바하마로 오지 마라. 바하마에서 쇼핑한 물건 가격을 정확하게 매기는 것 때문에 세관 검사대 줄 밖에서 따로 기다리기까지 했다. 줄서서 기다리는 데 정말이지 평생 걸릴 것만 같았다. 개를 보러 집에 빨리 가고 싶은 마음이 굴뚝같았다. 우리 모두가 그랬다.

토요일 체이스와 나는 드디어 집에 도착했다. 현관문에 들어서면 건강해진 스프라이트가 과거에 수 없이 그랬던 것처럼 우리를 맞이하기 위해 펩시와 함께 뛰어나올 거라고 믿고 싶었다. 또, 내 자신을 계속 그렇게 세뇌 시키고 있었던 것이다. 두 녀석들은 우리를 보자 반가워했지만 스프라이트의 몸 상태는 분명 변한 게 없었다. 후에 옆집의 레나타가 아내에게 스프라이트가 더 이상은 버틸 수 없을 것 같다고 조심스럽게 귀띔했다고 한다. 또한 우리가 집에 없을 때 스프라이트가 전혀 먹지를 않고, 산책하러 나가면 차고에서 한두 걸음도 채 못 걷고 주저앉았기 때문에 크리스를 불러야 했다고 전해 주었다. 레나타의 남편 멘톤도 스프라이트와 펩시를 무척 좋아했다. 이 부부들에게도 이런 일을 감당하기가 심적으로 쉽지는 않았을 것이다.

나는 11월 마지막 주와 12월 첫 번째 주 내내 집에서 일했다. 스프라이트와 펩시 옆에 있고 싶어서였다. 이것이 스프라이트와의 마지막 시간이 될 거라는 걸 알고 있었다. 몇 주간 우리가 회피하고 있었던 걸 이제 결정해야 할 시간이었다. 스프라이트의 삶을 어떻게 마무리 할 것인가? 그의 유해를 어떻게 할까? 결국 난 서랍을 열어 지난번 동물병원에서 가져왔던 팜플렛을 꺼내들었다. 안락사의 다양한 선택에 대해 애정 어리게 설명해놓았지만, 여전히 안락사의 장점이 뭔지를 찾을 수 없었다.

스프라이트를 바라 볼 수도 없었고 그를 죽인다는 생각을 할 수도 없었다. 내 형 롭에게 전화를 해보기로 결심했다. 몇 년 전에, 롭은 그의 반려견 타이거의 생명을 언제 어떻게 끝내게 할 것인가를 결정해야 했던 경험이 있었다. 롭은 래브라도와 테리어가 반반 섞인 15살 먹은 타이거를 키웠었다. 내가 둘을 볼 때마다 타이거는 늘 형 옆에 있었다. 그래서 나는 롭에게 스프라이트의 상태에 대해 설명하고 타이거 안락사를 어떻게 결정하게 됐고, 그의 시신을 어떻게 했었는지를 물었다.

형은 내게 말했다.

"타이거 몸 상태가 거의 한 달 사이에 급속도로 악화되었어. 소리를 들을 수도 없고 가슴에 물이 찼어. 수의사가 타이거의 가슴에서 물을 빼기는 했는데 그냥 잠들게 하는 게 나을 것 같다고 하더라고."

하지만 형은 타이거가 정신적으로는 아무 문제가 없다고 생각했다.

그가 며칠 동안 잠깐 집을 비웠다가 돌아와 보니 타이거의 몸 상태가 훨씬 더 심각하다는 걸 알았다. 그는 말했다.

"타이거는 먹지도 않고 물도 마시지 않았어. 그래서 때가 됐다는 걸 느꼈지. 수의사에게 미리 전화하고 타이거를 병원으로 데리고 갔어. 진료실에서 사람이 나올 때까지 나는 타이거를 무릎에 두었지. 안락사를 시키는 게 너무 어려운 일이었지만 지금도 후회 하진 않아. 고통스러워하는 데 오래 살려둔다는 게 오히려 더 잔인하잖아."

그가 덧붙였다.

"그거 알아, 마크? 난 하루라도 타이거를 생각 안 해 본 날이 없어."

롭은 타이거를 화장시켰다. 선반 나무 상자에 그의 뼛가루를 보관해 두었다. 그는 또한 타이거의 털을 몇 가닥 간직하고 있다.

나는 부모님에게도 여쭤보았다. 검정과 갈색이 섞인 하얀 치와와 레이디는 15년이 넘게 살았다. 그 작은 레이디는 세 번째 치와와였다. 레이디가 관절염에 걸려서 심장이 안 좋았고 마지막 몇 달간은 눈도 보이지 않았다고 했다. 레이디는 또한 신장에도 문제가 있었다. 어머니는 1년 내내 약을 먹여 생명을 연장시켰다. 하지만 레이디는 점점 더 아팠다. 부모님은 레이디를 편안히 잠들게 하기 위해 병원에 수술예약을 해두었다. 하지만 그 날 아침 레이디는 일어나 욕실로 가서는 쓰러졌다. 어머니는 안아 올렸고 레이디는 이내 어머니의 팔에서 숨을 거두었다. 부모님은 레이디를 화장시켰고 뼈 가루는 선반 위 상자에 두었다.

내가 현재 겪고 있는 괴로움을 똑같이 경험한 부모님과 형이 들려준 이야기는 나를 얼마동안 편안하게 해주었다. 하지만 그리 오래 가지는 못했다.

캔델과 나는 스프라이트를 땅에 묻는 걸 생각해 보았지만 마을에서는 개 시체를 땅에 묻지 못하게 했다. 게다가 난 스프라이트의 몸은 더 이상 우리와 함께 있을 수 없을지라도, 죽어서 어떤 식으로든 계속 우리와 함께 할 수 있는 방법을 생각해 보았다.

몇몇 집의 정원 만들어주는 정원사에게 다음 주 안으로 작은 나무들을 준비해 줄 수 있는 지를 물어봤다. 단 한 그루라도 괜찮다고 했다. 그는 그럴 수 있다고 했다. 그때 내가 뭘 원했는지 정확히 내 자신도 잘 몰랐지만, 우리 집 뜰 안 특별한 장소에 어린 나무를 심는 것을 염두에 두었던 것 같다. 그 밑에 스프라이트의 유해 가루를 묻어두길 원했다.

또한 크리스 사무실에 가서 스프라이트의 유해가 우리에게 넘겨질 때 담아질 상자를 골랐다. 그가 내게 상자를 보여주었을 때 난 결정을 못 내리고 북바치는 감정을 억누르려고만 애쓸 뿐이었다. 병원 직원들 앞에서 애통해하는 모습을 보이고 싶지 않았다. 난 낙담한 목소리로 크리스에게 말했다.

"크기가 너무 작아 보이는 군."

그가 말했다.

"마크, 우리 몸 대부분은 물로 되어 있다네."

나는 생각했다. 그래서 결국 이렇게 되는 건가. 이 작은 상자 안에 뼛가루로….

스프라이트의 몸이 조심스레 잘 다뤄지기를 재차 당부했다. 크리스는 당연히 그래야 한다고 했다. 내게 그 병원에서 자주 이용하는 펜실베니아에 있는 한 화장전문 회사를 알려 주었다. 그 회사는 동물들의 화장으로 가장 유명한 곳이었고, 병원에서 모든 사항들을 미리 꼼꼼히 체크하고 선택한 회사였다. 나는 또 스프라이트 시신 하나만 화장되도록 해달라고 부탁했다. 그는 그렇게 하도록 하겠다고 했다. 그 외 화장 진행 과정에 대해서는 아무것도 알고 싶지 않다고 말했다.

스프라이트의 죽음 준비과정은 내 가슴을 미어지게 만들었다. 잠도 안 오고 기운도 하나도 없고 도무지 내 일에 집중할 수도 없었다. 나의 건강이 많이 안 좋아진 걸 느꼈다. 가끔 가슴이 조여오고 격렬한 통증이 느껴졌다.

가슴이 무너져 내리고 있었다.

12월 첫 번째 토요일이었다. 캔델과 나는 이것이 스프라이트의 마지막 주라는 걸 알았다. 나는 우리가 스프라이트를 입양하고 초반에 주었던 개 껌을 사려고 가까운 슈퍼마켓에 갔다. 하지만 찾을 수 없었다. 진열된 식품들을 한 줄 한 줄 꼼꼼히 살폈다. 그곳에도 없었다. 그래서 상자나 팩으로 된 개 사료 코너로 이동해 혹여나 한 팩이라도 찾을 수 있나 싶어 모두 훑어보았다. 그 식료품 가게는 그 회사에서 나온 개 껌을 더 이상 받지 않은 모양이었다. 다른 제품 개 껌도 많았지만 나는 스프라이트와 펩시를 놀라게 해 주고 싶었다.

기분이 더 다운되어 점점 침울해졌다. 가까운 쇼핑몰 「달레스 타운 센터」에 가서 사람들이 행복한 얼굴로 바삐 움직이는 모습을 보면 잠시나마라도 스프라이트의 생각에서 벗어날 수 있을까 싶었다. 각종 도구를 파는 「브로큰 스톤」과 다른 몇 군데 가게를 들리고는 쇼핑을 끝냈다. 사실 아무것도 눈에 들어오지 않았다. 그냥 그곳에 멍하니 서 있었을 뿐이었다. 꽤 젊어 보이는 한 매장 직원이 내게 와서 말을 건넸다.

"선생님, 오늘 안색이 별로 안 좋으시군요. 가셔서 술 한 잔하시고 좀 쉬시는 게 괜찮을 것 같네요."

나는 대답했다.

"전 술 안 마셔요. 어쨌든 고맙소."

쇼핑몰을 쭉 돌아보면서 스프라이트를 좀 더 편하게 해줄 수 있는 물건을 찾아보았다. 공기주입방식을 이용한 매트리스를 판매하는 「셀렉트 캄포트」라는 가게를 우연히 들렀다. 놀라울 만큼 부드러운 '마이크로' 이불을 팔고 있었다. 그것은 스프라이트가 자고 있는 내 스웨터로 만든 둥지에 깔기에는 안성맞춤이었다. 판매원이 물었다.

"이 선물을 받으실 운 좋은 사람은 누구죠?"

나는 대답했다.

"제 개 스프라이트에게 줄 건데요."

그는 말했다.

"참 운이 좋은 개로군요."

나는 대답했다.

"그렇게 운이 좋은 것도 아닙니다."

30분 쯤 쇼핑몰을 둘러 보고나니 집에 돌아가야 할 시간이 되었다. 기분전환에 딱히 도움이 되진 않았다. 나오는 길에 「죠스 에이 뱅크」라는 옷 가게를 들렀다. 전에 이곳에서 옷을 몇 벌 산 적이 있었다. 점장 밥은 언제나 친절하고 적극적으로 도움을 주려고 했다. 그는 나에게 (아마도 모든 손님들에게) 재치 있는 농담을 던진다. 양복 옷깃에 단 핀이 눈에 띄어 그에게 그 핀을 왜 달았냐고 물었다. 그는 대답했다.

"저는 9/11 가족의 일원입니다. 내 형이 펜타곤에서 죽었거든요."

그의 형은 펜타곤에 문관으로 근무하다가 테러리스트들이 아메리카항공 77기를 몰고 빌딩으로 돌진할때 죽었다고 했다. 테러 때 사망했던 한 사람이라고 했다. 내 친구 바바라 오슨 또한 그 비행기 안에 있었다. 조종사 카리스 에프는 그 제트기의 조종간을 사수하다가 테러리스트에게 살해당한 용감한 사람이었다. 그의 여동생 데브라 버긴겜은 나와 가까운 친구가 되었다.

나는 밥에게 조의를 표했다. 그는 고맙다고 했다. 그 매장을 둘러보면서 밥과 나는 여러 우스갯말을 주고받았다. 그가 한 농담이 정확하게는 생각나지 않지만 결혼에 관련된 농담을 했었던 것 같다. 난 그가 결혼반지를 끼고 있는 걸 봤고 그래서 그에게 결혼한 지 얼마나 됐느냐고 물었다. 그는 대답했다.

"몇 년간 결혼생활을 했었죠. 암으로 아내를 잃었습니다."

나는 밥을 쳐다보며 생각했다. '화가 나고 마음이 망가지고, 일상생활을 유지할 수 없는 타당한 이유를 가진 사람이 여기 있군.' 하지만 여기 있는 그는 자신의 가게에 들어오는 낯선 사람들을 모두 반갑게 맞았다. 여전히 옷을 팔고 대화도 나누고 얼굴에 미소를 띠고 있었다.

밥은 형과 아내의 죽음으로 무척 고통스러울 텐데도 어떻게든 헤쳐 나가고 있다. 그는 상상할 수도 없는 사고와 충격으로부터 헤어 나온 것이다. 그 후 나는 며칠 내내 줄곧 밥에 대해 생각해 보았다. 지금도 그렇다. 내게 있어 밥은 생존하고자 하는 인간의 가장 기본적인 열망을 보여주는 하나의 모범이었다.

이튿날은 일요일이었다. 나는 뭔가 바쁘게 움직이려고 애썼다. 차고에 설치해야 할 「로웨스」에서 주문한 선반이 드디어 도착했다. 그건 집수리 일 중에서 별로 어려운 일은 아니었다. 1년 전 쯤 지금 선반을 부착하려는 곳에 브라킷

방식으로 선반을 설치했었다. 내 친구 리치가 와서 해 주었다. 그날이 생생히 기억난다. 왜냐하면 스프라이트와 펩시가 온 집안을 뛰어다니며 리치에게 짖어댔기 때문이다.

하지만 이날은 혼자서 뭘 해야 할지 몰랐다. 마음이 불안하고 갈피를 못 잡았다. 그날 밤도 어느 일요일 밤과 마찬가지로 아웃백 스테이크 하우스에 갔다. 음식이 좀처럼 목으로 넘어가지 않아 거의 손을 대지 않았다. 주위 사람들과 차분히 대화를 나눠보려고 했지만 그럴 수도 없었다. 캔델과 체이스를 위해 포장주문을 해서 집으로 들고 왔다.

밤이 되었다. 그날이 스프라이트의 마지막 일요일이다. 이제 더 이상 함께 할 주말은 없다.

이젠 더 이상 스프라이트와 펩시와 내가 늘 함께 있었던 거실에서 축구를 시청할 수 없다.

이젠 더 이상 일요일 아침저녁 장시간 산책도 할 수 없다.

그 날 밤 태양이 지면 아름답고 밝은 유성 하나가 캄캄한 하늘로 사라질 것이다. 스프라이트의 삶을 상징하는 별이겠지….

월요일, 순수한 고뇌의 일주일이 시작이었다.

그 날부터 쭉 스프라이트와 펩시와 집에 같이 있었다.

나는 괴로운 마음을 가라앉히고, 최선을 다해 라디오 쇼를 애써 진행했다. 그렇지만 바이러스에 걸려 기침이 나오고 숨쉬기도 힘들었다. 목소리도 엉망이었다.

12월 6일 수요일에 마지막 방송을 하고 나는 며칠간 방송을 쉬기로 결심했다. 그래서 ABC 방송국의 뉴스와 토크쇼 담당 부사장이자 나의 가까운 친구인 필리 보이스에게 가능 여부를 물어 보았다. 그는 라디오 방송을 잠깐 쉴 수 있게 해줄 결정권한을 가지고 있었다. 이번 주 말까지 며칠 쉴 수 있는 지를 물었다. 그럴 수 있다고 했다. 우리는 과거에 보이스네 가족과는 여러 차례 디즈니월드로 휴가를 가기도 했다. 보이스는 개들에 대한 나의 애착을 알고 있었고, 두 마리 중 한 마리를 잃게 됐다는 사실을 알고 있었다.

형 더그가 내게 전화를 했다. 그는 필라델피아 외곽 쪽에 살고 있다. 자신이 도울 수 있는 일이 있으면 돕겠다며 270km나 떨어진 곳에서 차를 타고 오겠다고 했다. 고맙지만 형뿐 아니라 다른 사람도 나를 위해 해줄 수 있는 것은 하나도 없다고 했다. 형은 늘 내 건강을 염려했다.

나는 형의 강인함과 섬세함을 언제나 존경했다. 형이 열세살이었을 때 척추교정을 위해 등과 목에 수술을 받았다. 4개월 동안 그는 온 몸에 기브스를 했었다. 그 후 5년 동안 매일 하루 23시간 귀부터 허벅지 밑까지 교정 장치를 착용

했다. 단지 그것을 교체하는 1시간만 그는 자유로웠다. 그래도 형은 단 한 번도 불평하지 않았다.

형과 통화를 끝내고 그의 강인함의 단 1%만이라도 본받았으면 하고 희망했다.

12월 6일 수요일 오후, 지하 작업실에 앉아서 라디오 진행을 준비하는 중간에 위층에 올라가서 두 녀석들이 뭘 하고 있는 지를 살폈다. 이날은 가정 일을 돌보아주는 마뉴엘과 그의 도우미가 집에 함께 있었다. 층계에서 올라왔는데 묘한 침묵이 흘렀다. 두 녀석이 보이지 않고 아무 소리도 들리지 않았다. 혹시나 해서 현관문 옆 유리창을 열어보았더니 믿을 수 없게도 펩시가 현관문 밖 베란다에 앉아 있었다. 오 마이 갓! 스프라이트가 분명 저 녀석을 따라 나갔을 텐데. 현관문이 잠겨있어서 나는 차고로 통하는 문 쪽으로 뛰어갔다. 차고 문은 열려 있었다. 거기에도 스프라이트는 없었다!

순간 자제력을 잃었다. 마뉴엘의 보조원에게 소리쳤다.

"스프라이트 어디 갔어요?!"

그녀는 스페인어만 하고 영어는 잘 못 알아들었다. 나도 모르게 그녀에게 발끈 화를 냈지만 이내 후회했다. 밖으로 뛰쳐나가 정신없이 스프라이트를 찾아 돌아다녔다. 강으로 가봐야 하나? 숲 속을 찾아 봐야하나? 길거리로 나가봐야 하나? 캔델은 친구들을 만나러 멀리 나가 있었다. 그녀에게 핸드폰으로 연락했고 집으로 서둘러 오라고 했다. 그녀 역시 경악했다.

집 뒤편 강 아래로 뛰어 내려갔다. 스프라이트 이름을 계속 크게 불러댔다. 녀석은 귀가 거의 들리지 않았지만 내가 달리 할 수 있는 게 없었다. 찾아봐야 할 곳이 너무 많았다. 그곳을 다 뛰어다닐 수는 없는 노릇이었다. 나는 신음 소리를 내며 말했다.

"아, 제발 강으로는 안 갔기를."

스프라이트는 기력이 없어서 물에 빠지면 분명 살아 나올 수 없을 것이다.

몇 분이 지나, 집 옆쪽 언덕에 있는 숲으로 가보기로 했다. 그곳은 집이랑 가까이 있기 때문에 녀석이 그 곳으로 갔을 수도 있다는 생각이 들었다. 나무뿌리 덩굴에 걸려가며 잡초와 덤불을 뛰어 넘었다. 울창한 숲에서 떨어진 나뭇잎으로 땅이 푹신하였다. 언덕 아래로 안 미끄러지려고 조심조심 걸었다. 단 10분이 지났지만 마치 1시간처럼 느껴졌다. 가슴이 쿵쾅거렸다. 숨 쉬기가 너무나도 힘들었다. 거기도 스프라이트의 흔적은 보이지 않았다.

점점 절박해져 갔다. 시계의 초침 소리가 들려오는 것 같았다. 어떻게 해야 하나. 스프라이트의 삶이 이런 식으로 끝난다는 게 믿어지지 않았다. 여우와 너구리같은 동네주위를 어슬렁거리는 육식동물들에게 맞서는 건 고사하고, 혼자서 있을 수도 없는 녀석이다. 해질녘까지 찾지 못한다면 녀석은 분명 얼어 죽을 것이다.

도로변으로 다시 나왔다. 마뉴엘이 내 뒤를 따라왔다. 그는 자기 직원에게 소리를 친 것 때문에 화가 나있었다. 나는 그녀에게 언성을 높인 게 아니라 스프라이트가 사라진 걸알고 놀래서 목소리가 커진 거라고 설명했다. 그는 곧 상황파악을 했다. 그리고는 함께 스프라이트를 찾아나서 주었다.

숲으로 다시 가 보았다. 길을 건너서 언덕의 반대편에 집 공사가 진행 중인 곳에 돌을 쌓고 있는 남자 세 명이 있었다. 그들에게 큰 소리로 물었다.

"개 지나가는 거 봤나요? 황갈색에 하얀색 개예요! 집에서 갑자기 없어졌어요!"

그들도 스페인어를 하는 사람이었지만 그들 중 한 명이 영어 실력이 좋아 내게 큰 소리로 답해주었다.

"아니요! 앗···. 잠깐만요. 그 개 본 것 같아요! 강가에 있을 거예요."

녀석은 한 블럭쯤이나 배회하다가 숲속 언덕에서 넘어져서 강가로 굴러간 게 분명했다. 스프라이트가 지금 어떤 모습일 지 상상이 갔다.

그 남자들 중 한 사람이 길을 건너 스프라이트를 찾으러 뛰어 내려갔다. 마뉴엘과 나도 동시에 재빨리 강 쪽으로 내려갔다. 두 사람은 나보다 훨씬 빨랐다. 난 언덕 아래로 미끄러졌다. 여전히 숨 쉬기가 버거웠다. 가까스로 일어나 강 아래로 출발하려고 할 즈음에 두 사람은 이미 시야에서 사라졌다. 강가 아래로 계속 내려가고 있는 동안 마뉴엘이 멀리서 나타났다. 그는 팔에 스프라이트를 안고 있었고 언덕으로 올라오고 있었다. 나는 큰 소리로 물었다.

"괜찮은가요?"

마뉴엘이 대답했다.

"그런 것 같습니다."

마뉴엘이 스프라이트를 데리고 오는 동안 나도 마침내 언덕 위로 올라왔다. 마뉴엘과 나는 서로 얼싸안았다. 내가 말했다.

"뭐라 감사의 말을 해야 할지요. 큰 은혜를 입었습니다.

정말 고맙습니다."

마뉴엘은 큰 미소를 지었다. 그때 캔델이 도착했고 우리 모두는 집안으로 들어갔다. 놀랍게도 스프라이트는 한 군데도 다치지 않았다. 몸에 흙만 묻었을 뿐이었다. 실로 기적 같은 일이었다.

마뉴엘에게 물었다.

"때가 됐다고 생각하세요?"

그는 대답했다.

"네, 그런 것 같습니다. 레빈씨. 그게 얼마나 힘든 일인지 잘 압니다. 저도 그렇게 했어야 했으니까요."

나는 그의 말이 옳다고 생각했다. 나중에 캔델로부터, 마뉴엘은 자기 교구를 가지고 있는 목사님이라는 사실을 알게 되었다.

그날 밤 스프라이트는 몇 시간이고 원을 그리다가 기진맥진해서 쓰러지고나서야 빙빙돌기를 멈추었다. 캔델과 나는 내일이 그 날이 되도록 하자고 마음에 결정을 했다.

스프라이트는 다음날 죽기 위해 죽음의 위기일발로부터 살아났던 것이다.

굿 바이 내 사랑 스프라이트

2006년 12월 7일

12월 6일이 거의 다 끝나 가고 있었다. 캔델과 내가
스프라이트를 잠들게 하기로 한 바로 전 날 밤이다. 우리는
이 안타까운 소식을 체이스에게 털어놓았다. 아이는 충격을
받았지만 겉으로 티를 내지 않으려고 노력하였다. 두 눈에

눈물이 그렁그렁하면서도 꾹 참고 있는 모습이 더욱 더 내 마음을 아프게 했다.

그 날 밤 체이스는 스프라이트와 소중한 시간을 보냈다. 잠자리에 들 시간이 됐는데도 자러 가지 않았다. 가기 전에 그는 캔델과 내게 물었다.

"하루만 더 기다려 주실 수 있나요? 스프라이트랑 더 시간을 갖고 싶어요."

그 말을 듣자 눈물이 쏟아질지는 걸 가까스로 참았다. 우리가 하루를 더 가질 수 있는지를 생각해 보았다. 오, 제발 그렇게 될수만 있다면….

우리는 체이스에게 스프라이트 몸은 거의 망가졌고, 우리가 그 고통에서 구출해 주면 그게 곧 스프라이트에게 은혜를 갚는 거라고 설명해주었다. 그는 이해한다고 했다. 그리고 얼마 후 난 아들의 방으로 가서 침대 옆으로 다가가 괜찮으냐고 물었다. 그는 괜찮다고 했지만 나는 그가 괜찮지 않은 것을 알고 있었다. 대화가 필요할 때 아빠와 엄마는 항상 네 옆에 있을 거라고 말해주었다.

그날을 대비해 준비할 수 있는 건 하나도 없었다. 이 시간이 올 거라는 걸 미리 알고 있었지만 그건 아무 소용이 없었다. 여전히 너무나 빨리 닥쳐온 것만 같다. 녀석은 우리 자식이었다. 강아지였을 때부터 받았어야 했을 보살핌과 애정을 뒤늦게 받으면서 이제 막 즐거운 삶을 시작했다. 우리 가족에게는 스프라이트와 함께 할 시간이 더 필요했다. 우리는 겨우 26개월간 녀석과 함께 살았다. 그것으로는 충분치 않았다.

그날 밤, 난 정말 간절히 기도했다. 스프라이트가 잠들었을 때 녀석을 데려가 달라고 기도했다. 나는 신에게 매달렸다.

"신이시여, 스프라이트가 잠들었을 때 조용히 고통 없이 데려가주소서. 밤중에 고요히 당신의 품으로 데려가주소서. 이 아이는 당신의 도움이 필요합니다. 우리는 당신의 도움이 필요합니다."

아침에 잠에서 깼을 때 스프라이트는 내 스웨터 위에서 잠들고 있었다. 너무 평화스러워 보였다. 숨 쉬는 게 조금 힘겨워 보였지만 두 눈은 지그시 감겨있었다. 한 쪽으로 몸을 눕히고 있어 얼굴에 미소를 띠고 있는 것 같았다. 그건 어쩌면 나 혼자만의 착각일 수도 있었다.

12월 7일 마지막 날이 왔다. 아이러니컬하게도 일본이 진주만을 공습한지 65주년 기념일이었다. 사실은 그런날인지도 잘 몰랐다. 또한 그 다음 날 알게 된 사실인데, 전 UN

대사 진 커크패트릭 부인이 12월 7일 날 돌아가셨다 한다. 그녀는 나의 영웅이었다.

하지만 우리 레빈 가족에게는 오늘은 가장 슬픈 날이며 스프라이트를 상실한 날이 될 것이다.

오전 7시 45쯤 나는 크리스에게 전화를 걸었다. 캔델과 내가 오늘을 그 날로 결정했다고 말했다. 크리스는 올바른 결정을 한 거고 지금 그렇게 해주는 것이 가장 인간적인 일이라고 했다. 크리스가 우리 집으로 올 수 있는 가장 빠른 시간이 12시에서 12시 30분 사이였다.

나는 지금 스프라이트의 생명을 끝내는 작업을 추진중이다. 전화를 거는 고통이 참을 수 없는 것이지만, 나 자신을 하나로 통일시키지 않으면 안된다. 크리스에게 다시 전화를 걸어 약속을 취소하지 못하도록 뭔가가 가로막고 있었다. 계속 진행되도록 마음을 강하게 먹으려고 안간힘을 썼다. 스프라이트를 위해, 그리고 가족들을 위해 내가 그래야만 하는 것을 나는 알고 있었다.

아침마다 늘 그러듯이, 그 날 아침 체이스를 학교까지 차로 데려다 주었다. 학교 앞에 차를 세우고 내리려는 아이에게 괜찮겠냐고 물었다. 아들은 그렇다고 대답했다. 그의 손을 잡으며 사랑한다고 말했다. 차 안에서 아이가 교문을 향

걸어가는 뒷모습을 지켜보았다.

아들이 너무 자랑스러웠다. 오늘이 그의 어린 시절동안 최악의 날일 텐데도 기운 내어 학교에도 가고 일상생활을 유지하고 있는 것이다.

그날 오후에 학교에서 돌아왔을 때는 스프라이트가 이 세상에 없을 거라는 걸 체이스는 알고 있었다.

집으로 돌아와 스프라이트와 많은 시간을 보냈다. 스프라이트는 지난 며칠 전보다 더 편안해 보였다. 녀석의 옆에 누워 두 눈동자를 바라보며 난 울었다.

미안하다고 했다.

사랑한다고 했다.

너를 위해 해 줄 수 있는 게 아무것도 없다고 했다.

절대 잊을 수 없을 거라고 했다.

이제 곧 평화로워질 거라고 했다.

우리 가족에게 가져다 준 기쁨과 우리를 더욱 풍요롭고 행복하게 해준데 대해서 감사한다고 했다.

혹시라도 내가 한 일 때문에 또는 실패한 결과로 네가 고통을 받았다면, 꼭 참고 견뎌야 했던 통증과 정신적 아픔에 대해 정말 미안하다고 했다.

그런 다음 난 녀석을 물끄러미 바라보았다. 녀석은 너무

가냘프고 허약했다. 열 다섯살, 실제가 몇 살이든, 그 나이 가 훤히 드러난 것이다. 하지만 녀석은 여전히 아름답고 늠 엄이 있었다. 다시 한 번, 말할 수 없이 부드러운 스프라이 트의 털을 쓰다듬었다. 특히 녀석이 가장 좋아하는 가슴 위를 어루만졌다. 서서히 녀석의 등을 쓸어내렸다. 그의 발 바닥을 들어올려 마지막으로 확인해 보았다. 녀석의 넓적다 리를 부드럽게 마사지 해주었다. 머리를 쓰다듬고 손가락으 로 녀석의 귀를 어루만져주었다 그리고 뽀뽀해 주고 또 했 다. 녀석의 코에, 녀석의 뺨에.

그리고 잠깐 동안, 전에 수 없이 했던 것처럼, 녀석의 가 슴팍에 내 얼굴을 묻었다. 녀석은 늘 깨끗하고 신선한 냄새 가 났는데 그날도 다르지 않았다.

조금 있다 보니, 캔델이 바닥에 앉아 스프라이트를 안고 이야기를 나누고 있었다. 캔델은 부드럽고 온화한 목소리를 가졌다. 그녀는 녀석에게 작별인사를 속삭이며 그를 애무해 주었고 편안하게 해주었다. 스프라이트와 캔델은 특별한 관 계였다. 캔델의 강력한 주장이 아니었더라면 우리 가족은 스 프라이트로부터 오는 축복을 받지 못했을 것이다. 캔델은 우 리 가족 모두를 메릴랜드로 데리고 가서 녀석을 직접 만나보게 했고, 임시보호 부모에게 녀석을 다른 집으로 입양시키지 않도록 설득했다. 캔델은 초반에 스프라이트와 많은 시간을 보냈고, 처음부터 녀석의 건강 상태를 꼼꼼하게 체크하기 위해서 폴스빌 병원 수의사에게 데리고 갔다.

스프라이트는 캔델을 참 좋아했다. 녀석은 그녀가 우리 가족 모두를 연결시켜 주는 매개체라는 걸 알고 있었다. 캔델이 방안으로 들어오면 그녀로부터 절대 눈을 떼지 않았다. 그녀가 방을 나가면 스프라이트와 펩시는 어느덧 그녀 바로 뒤에 가 있었다. 스프라이트는 캔델이 자신의 사랑스런 엄마라고 생각했다. 녀석은 캔델이 자신을 위해 할 수 있는 일은 모두 한다는 걸 알았다. 그들은 서로서로 너무 좋아했다. 하지만 이제 그녀가 스프라이트를 위해 해줄 수 있는 일은 더 이상 없다. 캔델은 한 때 그를 구해주었지만 이번에는 녀석을 구할 수 없다. 아무것도 할 수 없다.

내 핸드폰이 울렸다. ABC 라디오 네트워크의 회장 짐 로빈슨이었다. 그는 내 라디오 인기 순위를 축하해 주기 위해 전화를 했다.

나는 갈라진 목소리로 짐에게 말했다.

"몇 시간 있다가 우리 집 개 스프라이트를 안락사시켜야 합니다. 제 프로 인기순위와 제 경력을 팔아 우리 개를 살려 낼 수만 있다면 그렇게 하고 싶습니다."

짐은 잠시 말을 멈추더니 이렇게 말했다.

"안 됐군요. 얼마나 괴로우실지 이해합니다. 우리 집도 개 몇 마리를 키우는데 최근에 한 마리를 잃었습니다. 그건 정말이지 최악의 기분이죠."

짐은 또한, 내 프로를 판매배급 하는 데 뒤에서 가장 핵심 추진자인 ABC라디오 방송사 회장 미치 도랜도 최근 몇 주 전에 비극적인 사고로 개 한 마리를 잃었다고 전해주었다. 나는 짐에게 부탁했다. 미치에게 진심어린 애도를 전해 달라고. 그는 위태위태한 내 목소리를 통해 나의 괴로움을 눈치 채고 금방 전화를 끊었다.

한 두 시간 후면 크리스가 도착한다. 캔델과 나는 펩시와 스프라이트 두 녀석이 마지막으로 같이 있을 시간을 주려고 밖에 데리고 나갔다. 오전 10시30분이었다. 날씨가 쌀쌀했다. 하늘은 맑았다. 태양 빛이 두 녀석을 비춰 내리자 스프라이트의 쇠약해진 몸 상태가 선명하게 드러났다. 관절염이 몸을 다 망가뜨려 놓았다. 관절염으로 등이 꼽추처럼 굽어 버렸다. 근육이 없어져서 갈비뼈가 겉으로 완전히 드러났다. 스프라이트는 거의 일어설 수도 없는데 혼자 걸으려고 애를 썼다. 과거 몇 년간 쭉 그랬던 것처럼 녀석은 살려는 의지가 있었고 여전히 그 의지가 보였다. 녀석은 어떻게 해서든 한 걸음이라도 걸어보려고 기운을 모았다. 불안해 보였다. 하지만 녀석은 앞으로 걸어 나갔다.

캔델과 펩시 그리고 나는 뒤뜰에 스프라이트가 제일 좋아하는 자리로 녀석을 데리고 갔다. 그곳은 포토맥 강이 내려다보이는 우리 집 모퉁이에 위치한 작은 언덕배기였다. 우리가 그 장소에 도착했을 때 바람이 살랑거리기 시작했다.

스프라이트는 가던 걸음을 멈추고는 바람 부는 쪽으로 얼굴을 돌리고 우리가 예전에 봤던 그 흡족한 표정을 지었다.

녀석! 스프라이트는 산뜻한 바람을 무척 좋아한다.

그리고 운이 좋게도 그 날 산들바람이 불어왔다. 스프라이트가 밖으로 나가는 마지막 시간, 밖의 냄새와 상쾌한 공기를 들이 마시는 마지막 기회, 녀석이 매우 친숙해 했던 나무들과 수풀들을 보는 마지막 시간이다.

산들 바람을 느끼는 마지막 시간.

스프라이트를 들어 올려 팔에 안았다. 녀석은 내 오른팔 안쪽으로 머리를 비벼댔다. 바람속에서 늘 그랬듯이 두 귀가 뒤로 젖혀졌다. 우리는 함께 바람이 불어 오는 강 위쪽을 바라보았다. 강 위에 떠가고 있는 화이트 페리와 같은 방향이다. 스프라이트를 안고 있자니 처음으로 스프라이트

를 보러 갈 때 페리를 탔던 기억이 떠올랐다. 일찍이 우리
가 스프라이트와 함께한 날 들 속에 캔델이 베푼 모든 시간
들이 떠올랐다.

스프라이트를 가슴 쪽으로 더 가까이 안아 올리는 찰라
산들바람이 불어왔다. 녀석은 흐뭇하게 음미했다. 또 웃는
것처럼 보였다. 그 순간, 혹시 신이 스프라이트를 부르고
있는 것이 아닐까, 스프라이트는 그것을 알고 있는 것이 아
닐까 하는 생각이 문득 들었다. 그것은 어쩌면 내가 그렇게
생각하고 싶은 것일지도 모른다.

우리는 녀석들과 마지막 사진을 찍었다. 안타깝게도 내가
녀석들과 함께 찍은 그 사진은 안 나왔다. 하지만 캔델과
녀석들이 함께 찍은 사진이 두 장 있다. 나는 매일 그 사진
을 보고 또 본다.

우리 가족이 마을을 잠시 떠나 있을 때 스프라이트와 펩
시를 사랑스럽게 보살펴 주었던 친구이자 이웃인 레나타가
우리 쪽으로 걸어왔다. 그녀에게 슬픈 소식을 전해주었다.
그녀는 우리를 꼭 안아주고 조용히 자기 집으로 돌아갔다.
그녀의 가족들은 우리 개들을 너무 좋아했는데 이제 스프라
이트를 더 이상 볼 수 없는 이유를 아이들에게 설명해야줘
야 할 것이다.

우리는 집으로 돌아왔다. 캔델은 스프라이트와 펩시의 밥을 챙겨 주었다. 스프라이트는 배고프고 목말라 있었다. 식욕은 잃지 않아 다행이었다. 약간의 간식도 주었다. 캔델에게 스프라이트 관절염 약도 주라고 했다. 그녀가 나를 보며 말했다.

"여보, 스프라이트는 이제 약이 필요 없어요."

이번이 마지막이라는 사실을 내가 받아들였을 거라고 생각했는데 아직 받아들이지 못했나보다. 그 사실이 다시 나를 후려쳤다. 나는 마치 복부에 강한 펀치를 얻어 맞은 것처럼 숨이 막혔다. 스프라이트에게 내일은 더 이상 존재하지 않는다.

크리스가 도착하기를 기다리고 있는 동안 나는 캔델에게 말했다.

"이건 마치 저승사자를 기다리는 것 같군."

시간이 빨리 지나가달라고 빌어야 할지 늦게 가달라고 빌어야 할 지 몰랐다. 캔델이 내게 고개를 돌렸을때, 뺨에서는 눈물이 주르륵 흐르고 있었다.

"보세요, 스프라이트가 밥을 먹고 물도 먹고 있어요. 좋은 시간을 보내고 있는데 너무 안 됐어요."

정말 그랬다.

스프라이트의 생기 있게 먹는 마지막 모습은 우리를 놀라게 했다. 그것은 마법이기도 했고 일종의 고문이기도 했다.

마지막 순간까지 우리는 스프라이트와 함께 있기를 원했다. 스프라이트를 녀석이 좋아하는 장소에 데려다 놓고 싶었다. 스프라이트가 생을 마감할 적절한 장소를 한 군데 정해야 했다. 그것도 참 어려운 결정이었다. 거실에서 스프라이트가 가장 자주 쉬는 장소를 한 군데 택했다. 내 스웨터를 거둬내고 새 이불을 깔았다. 스프라이트는 방안을 뱅글뱅글 돌고 있었지만 최근만큼 심하지는 않았다. 그리고 크리스가 도착하기 몇 분을 남겨놓고 스프라이트는 바로 그 장소로 가서 앉았다. 매우 편안해 보였다. 마치 어린 아이처럼 그곳에서 편히 쉬고 있는 것 같았다. 캔델에게는 차마 말하지 못했지만 난 안락사를 당장 취소하고 싶은 충동과 싸우고 있었다. 당장 전화기로 달려가 크리스에게 돌아가라고 말하고 싶은 마음이 굴뚝같았지만 꾹 참고 있었다.

캔델과 나는 스프라이트 옆으로 가서 바닥에 누웠다. 녀석을 꼭 안았다. 펩시는 방 주위를 배회하고 있었다. 그는 뭔가 평상시답지 않은 일이 벌어지고 있고 또 곧 벌어질 거라는 걸 눈치는 챘겠지만, 곧 가장 친한 친구가 최후를 맞게 된다는 걸 어찌 알 수 있겠는가.

나는 시계를 확인하고 다시 스프라이트를 쳐다보기를 반복했다. 이제는 단지 몇 분이 남았다. 12시 20분. 내가 창문 쪽으로 걸어갈 때 크리스가 우리 집 앞에 차를 세우는 게 보였다. 캔델 쪽으로 얼굴을 돌리며 말했다.

"왔어."

크리스는 차고를 통해 집안으로 들어왔다. 작은 의사가방을 손에 들고 있었다. 또한 겨드랑이 아래에 두꺼운 이불을 끼고 있었다. 나는 그 이불의 용도를 알았다. 다 끝나고 스프라이트를 옮길 때 이용하기 위한 것이다.

왼쪽 편으로 누워있는 스프라이트 상태를 가까이 가서 살폈다. 캔델은 녀석의 눈동자를 쳐다보며 머리를 매만져 주었다. 그녀는 뺨으로 하염없이 눈물을 흘리면서도 미소를 지어보려고 애썼기에, 스프라이트는 마지막 순간까지 그녀의 '행복한' 얼굴을 보게 될 것이다. 나는 스프라이트의 뒷다리 옆에 앉아서 녀석의 허리와 다리를 어루만져 주었다. 녀석은 고개를 들어 내 손 냄새를 맡더니 내가 함께 있다는 것에 안도하는 표정이었다.

크리스가 캔델과 나 사이 중간에 앉았다. 나는 그에게 당부했다.

"스프라이트가 아무 고통을 느끼지 않게끔 해준다고 내게 약속하게나."

그는 말했다.

"마크, 내가 하게 될 첫 번째가 진정제를 놓아주는 걸세. 그건 그를 편안하게 해 줄 거야. 효과가 있으려면 한 5분 정도 걸린다네. 그는 아무 고통도 느끼지 않을 거야."

다음 단계는 20, 30초 후에 스프라이트 다리 혈관을 통해 스프라이트의 심장 박동을 멎게 할 바르비투르를 투여하는 일이었다.

나는 매일같이 이 심장을 멎게 한 과정을 하나하나 되새겨본다. 하지만 라우렌과 체이스가 그곳에 있지 않았기 때문에 그것을 여기서 자세히 설명하진 않겠다. 다만 해줄 수 있는 말은 바르비투르 약이 투여되고 난 다음 20초 후에 나는 크리스에게 스프라이트가 숨을 거뒀는지를 물었고 그는 그렇다고 대답했다는 사실이다. 나는 확실하냐고 재차 물었다. 크리스는 스프라이트에게 청진기를 가져다 대보고는 나를 향해 아주 살짝 고개를 끄덕였다. 나는 조용히 캔델에게 말했다.

"떠났군."

나는 얼마간 울었다. 그 다음 마지막으로 스프라이트의

발을 만지고, 몸을 매만지며 머리를 쓰다듬어 주었다.

그리고 나서 마지막 작별인사를 했다. 그 때가 오전 12시 30분 이었고 이제 모든 게 끝이 났다.

목이 메여 말이 나오질 않았지만 가까스로 크리스에게 지난 주말에 사뒀던 새 이불로 스프라이트를 싸달라고 부탁했다. 그의 모든 도움이 고마울 따름이었다. 뭐라 할 말이 없었다. 크리스가 이불로 스프라이트를 싸는 걸 차마 보지 못했다. 난 저 쪽으로 멀리 떨어져 있었다.

캔델은 크리스의 차까지 같이 갔다. 그녀는 차가 떠날 때까지 스프라이트와 함께 있길 원했다. 나는 창문을 통해 멀리서 지켜보았다. 크리스 팔에 조심히 안겨져 있는 스프라이트를 싼 이불 꾸러미를 보았다. 고개를 돌렸다.

즉각적으로 밀려오는 슬픔을 감당할 수 없었다. 안락사 과정이 계획대로 진행됐고 스프라이트는 고통 받지 않았지만 나는 엄청난 충격을 받았다. 스프라이트는 가버렸다. 다시는 돌아오지 않는다. 내 가슴은 이미 갈기갈기 찢어졌고 스프라이트의 부재는 집안에서 너무나 절실히 드러났다.

나는 또한 죄책감으로 괴로워했다. 내가 마치 우리 개를 사형집행 한 것 같은 느낌이 들었다. 안락사의 진행 과정 하나하나가 그런 느낌을 더 강화시킬뿐이었다. 스프라이트는 내게 안심시켜줄 것을 구했는데, 나는 녀석을 배반하고 약이 투여되기 전까지 계속해서 평온할 것처럼 속였다. 그래, 나는 스프라이트가 계속 살 수 없을 거라는 걸 알았어. 맞아, 녀석의 몸 상태는 더 악화되었을 거야. 그래, 녀석은 틀림없이 불행해졌을 거야. 그리고 내겐 달리 선택할 길이 없었어.

하지만 우리가 집으로 데리고 온 개, 우리가 사랑한 개, 우리를 사랑했던 개, 너무나 행복했던 개, 그리고 우리에게 너무나 많은 기쁨을 안겨주었던 개를 나의 권한으로 죽였다는 사실만큼은 피할 수 없었다. 그의 죽음의 날과 시간과 장소를 정한 책임은 내게 있다.

이 결정을 한 나는 과연 누구인가? 신의 역할을 한 나는 도대체 어떤 존재인가?

나의 죄책감은 더욱 심해질 뿐이었다.

12

암울했던 날들

2006년 12월

크리스가 스프라이트를 데리고 떠난 다음, 나는 거실로 가서 소파 옆에 앉았다. 그곳은 스프라이트가 자주 앉아서 현관문을 쳐다보았던 장소이다. 나는 울음을 터트렸다. 울음소리가 크지 않았고 그리 길지 않았지만 난 격분했다. 어렸을 때 이후로 이렇게 울어본 적이 없었다. 캔델은 가까이 있지 않았기 때문에 울음소리를 듣지 못했지만 펩시는 들었다. 녀석의 두 귀와 꼬리가 힘없이 축 늘어지고 얼굴도 바닥을 보고 있었다.

그 순간 펩시도 스프라이트가 죽었고 다시는 돌아오지 않는다는 걸 알고 있다는 걸 알았다.

집 주위를 걷는 데 마음이 너무 허전했다. 정신이 멍하고 방향을 잃었다. 여러 장소를 둘러보며 스프라이트가 남겨 논 흔적들을 보았다. 밥그릇과 물 그릇 목줄들이 신발 방에 그대로 놓여 있었다. 스프라이트가 가장 좋아하는 이불과 스웨터는 녀석이 가장 좋아하는 자리에 여전히 그대로 놓여 있었다. 녀석은 털갈이를 자주 해서 가구나 카펫에 털이 많이 떨어져 있었다. 그리고 찬장 선반 위에 녀석의 약이 줄지어 놓여 있었다. 거기에는 '마크 레빈의 스프라이트' 라는 딱지가 붙어 있었다.

몇 시간 후 캔델이 체이스를 학교에서 차에 태워 데리고 왔다. 그 사이 체이스에게 스프라이트는 영원히 잠들었고 고통 없이 죽었다고 말해 준 모양이었다. 나도 매우 힘든 결정이었지만 스프라이트는 이제 더 이상 고통스럽지 않다는 말을 해 주었다. 체이스는 혼자 아픔을 달래려고 했다.

그 날 저녁, 마음을 어떻게든 다른 데로 돌려보려고 컴퓨터 앞으로 가 앉았는데 미츠 돌랜으로부터 메일 한 통이 와 있었다. ABC 라디오 방송사 사장 미츠는 매우 바쁜 사람이라 좀처럼 대화 나눌 시간이 없어서, 난 내 라디오 방송과 관련한 이메일일 것이라고 생각했다.

그런데 아니었다.

마크씨께

　집 로빈슨이 내게 당신의 개에 대한 슬픈 소식을 전해주더군요. 참 마음 고생이 심하시겠습니다.

　2주 전에 우리집 골든 리트리버 두 마리 럼피와 시나몬이 이빨로 담장에 구멍을 낸 다음에 (종종 그러긴 했지만) 밖으로 달아났습니다. 그런 일이 일을 때는 보통 집 주위를 배회하고 있거나 (저수지에서 진흙을 몸에 잔뜩 묻혀 오기도 하지만) 밖으로 나간 다음에 몇 시간 후에 가까이 사는 이웃이나 혹은 근처 마을 사람에게서 전화가 옵니다. 그리고 우리 개들이 그들의 뒤뜰에서 자기 아이들과 놀고 있다고 알려주면 우리는 그냥 차로 가서 녀석들을 데리고 오곤 했지요. 그날 오후 아내 프랜이 뉴욕에 있는 제게 전화를 해서는 녀석들이 또 밖에 나갔다고 하더군요. 우리는 늘 그렇듯이 이번에도 어떤 경로로든 돌아오리라고 생각했지요. 밤 10시쯤 집에 돌아왔는데 녀석들이 보이지 않았고, 다른 데서 전화도 오지 않는 겁니다. 그 사이 불안해 진 아내는 몇 시간동안 차로 녀석들을 찾으러 돌아다녔더군요. 우리는 계속 찾으러 다녔고 뭔가 불길한 예감이 들었는데, 안타깝게도 이튿 날 아침 일찍이 그 예감이 맞았다는 걸 알았죠.

　옆 동네 레위스보로 경찰서로 전화가 왔습니다. 분명 럼피와 시나몬으로 추정되는 개 두 마리가 한 이웃집 뒤뜰에서 배회

하고 있다가 출입문이 열려있는 수영장에 들어가 그 속에 빠졌다는 것입니다. (그 집은 우리 집에서 400m정도 밖에 떨어져 있지 않은 곳이고 전에도 우리가 몇 차례 지나다니던 곳이었지요.) 그 집 주인은 그 날 밤 11시30분까지는 귀가하지도 않았고, 그날밤 아무 소리도 듣지 못했는데. 다음 날 아침 수영장에서 두 마리 개를 발견하자 즉시로 레위스보로 소방서에 전화를 했다고 합니다. (그 남자는 차 안에 앉아서 소방서에서 와서 그 개들을 건져내기를 마냥 기다렸다고 합니다. 왜냐하면 그 사람은 "출근을 해야 했기 때문"이래요. 소방서 측에서는 수영장 문을 잘 잠그지 않은 주인을 경찰서에 고발했다고 합니다. 그런데 자기 풀장에 개가 빠진 걸 보고 당장 뛰어 들어가 구하지 않은 인간은 도대체 어떤 종류의 인간일까요?)

굴든은 원래 물에 강하고 수영을 아주 잘하는 개랍니다. 그런데 그 집 수영장의 수면이 낮아진 상태였고, 풀장 안에 계단도 없고, 사다리도 끌어낸터라, 쉽사리 빠져나올 수가 없었던 거지요. 그 날 밤새 녀석들은 물속에서 사투를 벌였겠지요. 나이든 럼피는 결국 익사했고 시나몬은 겨우 겨우 새벽까지 버텼던 거지요. 구조 되었을 때 시나몬은 거의 탈진되어 있었고 가엾게도 제짝을 잃었지만 다행히도 목숨을 건졌습니다.

우리는 몇 년 사이 굴든 개를 여러 마리 키웠고 나는 늘 그들

옆에 있었습니다. 난 지금 럼피가 너무 보고 싶습니다. 그렇지만 그가 마지막 본 것이 내 얼굴이 아니라 풀장을 덮었던 비닐 방수포였다는 생각을 하면, 내가 죽을 때까지 한이 될 것 같습니다.

사랑했던 친구와 이별을 해야 한다는 건 정말 가슴 아픈 일이지요. 우리가 그들과 함께 했던 시간동안 받았던 무조건적인, 무제한적인 사랑과 그들의 헌신에 견주어 본다면, 우리 인간들은 아무리 많이 가슴아파해도 결코 충분치 않다고 봅니다.

두서없이 이야기한 것 죄송하오며, 당신의 소식에 마음이 아픕니다. 오늘 밤 레빈씨 가족 모두를 위해 기도하겠습니다.

— 미치

나는 미치에게 답장을 썼다.

"럼피를 잃고 얼마나 맘고생을 하셨습니까. 당신 가족이 느꼈을 심적 고통을 감히 상상하기도 힘들군요. 애도를 표합니다. 애정이 가득한 편지 감사합니다."

그런 다음 나는 덧붙였다.

"개들은 참 대단한 존재입니다. 말씀하신 것처럼 그들이 있는 자체만으로도 우리에게 사랑과 기쁨을 줍니다. 개들은 전혀 계산적이지 않습니다. 럼피에게 일어난 슬픈 사건에 대해 진심으로 위로 말씀을 드립니다. 그리고 그걸 이렇게 글로 써 보내 주신 것이 당신에게 얼마나 힘든 일이었는지 저는 잘 압니다. 럼피는 이제 새로운 친구가 생겼을 겁니다. 우리 스프라이트가요."

나이를 먹을 만큼 먹은 두 남자가 서로 자신들의 개 이야기로 메일을 주고받는다는 게 어떤 사람들에게는 이상하게 보일 것이다. 그래도 단 한번 만이라도 개를 키워본 사람이라면 누구라도 우리와 똑 같은 심정이리라.

현관문에 매달아 놓은 종소리가 났다. 큰 꽃바구니를 든 배달원이었다. 그 안에 들어 있는 카드에는 "스프라이트를 추도하며 – 션과 질 한니트"라고 쓰여 있었다.

스프라이트를 보낸 그 날 아침 일찍 션과 잠깐 통화했었다. 그는 애정어린 목소리로 말했다.

"자네 지금 제정신이 아니겠어. 어떤 말을 해줘야 할 지 모르겠군. 나 역시도 가슴이 찡하네. 자네와 가족이 많이 염려스럽군."

션에게 전화를 걸어서 꽃바구니 선물 정말 고맙다고 했다. 그는 내가 마음의 안정을 찾으면 다른 개를 한 마리 사주고 싶다고 했다. 난 그의 마음에 고마워하며 말했다.

"션, 내겐 펩시가 있어. 지금 펩시는 우리의 온 애정과 관심이 필요해. 우리 집에는 또 다른 개는 없을 거야. 그건 너무 고통스러운 치유법이야."

션은 정말 사려있고 아량이 넘치는 친구다. 그는 내가 속옷이 필요할 것 같으면 속옷도 벗어 줄 사람이었다. 그를 알게 된 게 참 큰 축복이다.

다시 컴퓨터 앞에 앉았다. 러쉬가 메신저에 들어와 있어서 그와 대화를 시작했다. 먼저 말을 걸었다.

"난 지쳤네, 정서가 고갈됐어. 내 직업에 대해 깊이 생각해보고 있다네. 난 라디오 방송으로 돌아와 지껄이고 지껄이고 끊임없이 입을 열고 있어. 그 사이 삶과 죽음은 끊임없이 반복되어 일어나고 있지. 우리 개는 죽었어도 이 인간 사회에서 사람들은 종일 일하지. 어떻게 그럴 수 있지? 참 감탄스럽네. 수의사도 일의 목적이 있고, 의사들도 목적이 있겠지, 젠장! 나도 마찬가지지. 지껄이고 지껄이고 또 지껄이고. 나 미치겠어."

그가 대답했다.

"그래, 자네가 스프라이트 때문에 한참 슬픔에 빠져 있는 거 잘 알아. 우리들은 자신이 다른 사람의 삶에 얼마나 많은 영향을 끼치면서 살고 있는지를 느끼지 못하면서 살고 있지. 〈It's a Wonderful Life〉라는 영화를 한번 보게나. 농담으로 하는 애기가 아니야."

나는 대답했다.

"인간에게 그저 사랑을 주기만 하는 이 순수한 작은 생명을 보면 이곳에서 삶이 너무 짧은 것 같아. 우리에게 기쁨을 주려고 존재하고 그리고는 다음날 사라져버리지. 난 이 개와 겨우 2년밖에 같이 못 있었어. 5년이면 안 됐을까?

러쉬는 말했다.

"자네가 그 순수한 어린 생명들에게 주었던 안락과 행복을 잊어버려려서는 안 돼. 스프라이트가 자네와 가족이 없었다면 어디에 있었겠어? 스프라이트는 행복한 개였고 자네 가족에게 행복을 가져다주었지. 개란 갓난아이처럼 순수 그 자체지. 그래서 우리는 개를 갓난아이처럼 돌보게 되지. 개는 인간에게 조건 없는 사랑을 주는 유일한 생명체지. 우리에게 절대 소리 지르지 않고, 우리말을 어기지도 않으며, 우리보고 지옥에나 가라고 하지도 않고 논쟁을 벌이지도 않지. 그들이 무기력해지고 죽게 될 때 우리는 그들을 구할수 없다는 사실에 화가 나곤 하지."

나는 썼다.

"정말 맞는 말이야. 하지만 난 자동차 사고로, 전쟁에서, 혹은 암으로 자식들을 잃은 부모들을 생각해 본다네. 그리고는 나를 돌아보지."

러쉬는 대답했다.

"잃은 건 잃은 거야. 다른 죽음과 비교하지 말게나. 죄책감을 느끼지도 말고. 다른 사람의 슬픔을 비교하며 자네의 상실을 작게 만들려는 괜한 짓은 말게. 어떤 이유로든 자기 자신을 학대하지 말게. 자네 감정은 그럴만하고 정당한 것이니 절대 자책하지 말란 말이네. 오늘 자네가 한 일은 자비로운 일이었네."

"하지만 이제 스프라이트는 사라졌어. 다시는 돌아오지 않아. 때가 되면 우리도 모두 그렇겠지."

"그래 맞아. 하지만 스프라이트는 유산을 남겨놓았잖아."

나는 말했다.

"스프라이트의 이야기로 책 한 권을 써볼까 하는데. 아무도 별 관심 없어 하겠지?"

러쉬가 답했다.

"스프라이트도 자네에게 많은 걸 보여줬다고 생각할 거야. 가령 자기에게 주어진 카드 패를 가지고 살아가는 법과, 자신을 사랑해주고 도와준 자네 가족들의 순수한 자비와 더불어 살아가는 삶의 방식을 말일세."

나는 말했다.

"아무도 우리 개에 대한 이야기를 읽고 싶어 하지 않을 거야."

그가 대답했다.

"아니야, 분명 읽고 싶어 할 거야. 그리고 녀석과 함께 했던 자네 가족들의 삶도 말이야. 틀림없이 수백만 명의 마음을 감동시킬 거야."

"자네가 여기 메신저에 들어와 있어서 참 다행이야, 러쉬. 사람들이 당신이 얼마나 기분 좋은 사람인지를 알까 몰라. 고맙네, 친구."

이제 독자 여러분들은 내가 스프라이트와 펩시에 대한 이야기를 책으로 내보겠다는 생각을 어디로부터 처음 격려를 받았는지 알게 되었을 것이다.

나는 로라 인그래함도 그녀의 반려견 트로이를 잃었다는 사실을 기억해 냈다. 우리는 레이건 행정부에서 일했을 때부터 계속 친하게 지내왔다. 그녀에게 스프라이트의 소식을 알려주고, 트로이의 죽음을 어떻게 견디고 있는 지에 대한 이야기로 이메일을 썼다.

그녀가 답장을 보냈다.

애도를 표합니다. 그건 정말 아주 최악의 기분이죠. 나는 날마다 가슴이 쓰리고 아프고 게다가 트로이가 지금도 내 옆에 있다는 기분이 들어요. 어느 날 밤에 분명히 내 방에서 트로이의 숨소리를 들었어요. 스프라이트는 당신을 만나 복 받은 개죠. 당신은 스프라이트 삶의 수호천사였어요. 당신은 스프라이트에게 '빼앗긴 시간'을 주었다는 걸 늘 명심하세요. 이 말이 스프라이트가 당신에게 남긴 마지막 유언일 겁니다.

그것은 사실 캔델에게 남길 유언이었다. 그녀는 스프라이트를 구출해 준 수호천사였다.

그 후 나는 로라와 만나 이야기를 나누었다. 그녀는 트로이와 15년간을 함께 했다고 했다. 트로이는 황색 래브라도였다. 로라는 여전히 가슴 아파하고 있었다. 트로이를 안락사 시키고 겨우 몇 주 지나긴 했지만 로라는 도저히 슬픔에서 헤어 나오지를 못하고 있었다.

그 뒤 로라는 루시라는 황갈색 래브라도를 다시 그녀의 삶에 동행시켰다.

스프라이트를 떠나보낸 그날 밤 늦게 펩시를 데리고 산책하러 나갔는데, 우리는 스프라이트가 가장 좋아했던 나무와 덤불, 그리고 기둥을 지날 때면 녀석이 생각났다. 감당하기 힘들었다. 다음 며칠 동안 펩시와 산책하러 나가면 이웃 사람들과 마주치지 않기를 바랐다. 그들은 분명 스프라이트에 대해 물을 것이고, 나는 아무 대답도 하고 싶지 않았다. 그래서 야구 모자를 눈 밑까지 푹 눌러썼다.

이름은 모르고 얼굴만 아는 한 이웃이 그녀의 개를 데리고 우리 쪽으로 걸어오고 있었다. 전에 몇 번 마주친 적이 있었기에 우리는 가벼운 인사를 나눴다. 그녀는 스프라이트가 없는 걸 보고는 물었다.

"다른 개는 어디 갔어요?"

나는 나지막한 목소리로 대답했다.

"안락사 시켰습니다."

그녀는 대답했다.

"아, 이런 안됐군요."

그녀의 애도에 감사를 표하고는 눈물을 삼키면서 가던 길을 갔다.

그 후 며칠이 지나자 점점 더 많은 이웃사람들이, 특히 아이들이 스프라이트가 사라졌다는 걸 알아채기 시작했다.

동네 사람이라면 누구든 스프라이트와 펩시를 알고 있었다. 두 녀석은 늘 붙어 다녔다. 길가 옆에 사는 한 소년이 내게 와서는 스프라이트의 행방을 궁금해 했다. 스프라이트는 몸이 아파 죽었다고 말해 주었다. 소년의 얼굴에 잠시 슬픔이 맴돌았고, 그 아이는 내게 물어본 실례를 범한 것 같아 당황해하는 표정이 역력했다. 나는 그에게 말했다.

"괜찮아. 스프라이트는 오래 살았고 마지막에 몸이 많이 아팠어."

소년에게 위안의 말을 해줄 수는 있었지만 정작 나의 위안은 찾지 못했다. 가족과 친구들의 과분한 배려에도 불구하고 나는 여전히 슬픔을 이겨내지 못하고 있었다. 스프라이트가 죽은 이후 며칠간 매우 우울해졌지만 그렇다고 정신과 의사와 상담까지 할 필요는 없었다. 캔델은 내가 너무 괴로워하고 있다고 했다. 그녀도 슬픔과 비탄에 빠졌지만 깊은 믿음으로 스스로 극복하려고 했다. 스프라이트는 이제 더 이상 고통스럽지 않으니 마음이 놓인다며, 일부러 큰 소리로 이런 농담을 허공에 던지곤 했다,

"녀석, 강아지 천국에서 신나게 놀고 있겠군."

그 후 캔델은 내게 슬픔과 상실감을 이겨내기 위해 상담을 받지 않아도 괜찮겠느냐며 조심스레 물었다. 나는 극복

해 본다고 했다. 그리고 그래야 했다.

그런데 극복하는 데 몇 달이나 걸렸다.

스프라이트와 함께 했던 26개월들이 내 마음속에 몇 번이고 몇 번이고 되살아 나곤 했다. 우리는 아주 오래 전부터 스프라이트를 알고 있었던 것 같았다.

임시 양부모 집에서 내가 처음으로 스프라이트와 대면 했을 때와 녀석이 내 마음을 순식간에 사로잡았던 모든 것이 생각났다.

캔델이 이 사랑스런 개를 우리 삶에 데리고 오려고 메릴랜드로 오고갔던 모든 여행들이 생각났다.

스프라이트가 갑자기 쓰러져서 녀석을 안고 애견병원으로 뛰어갔던 가슴이 철렁했던 할로윈 데이가 생각났다.

스프라이트와 펩시와 함께 강가를 따라 산책했던 시간들이 생각났다.

스프라이트가 뛰어다니던 귀여운 폼과 간식을 먹고 싶거나 밖에 나가고 싶을 때, 내 주의를 끌려고 했던 온갖 행동들이 머릿속에 그대로 그려졌다.

스프라이트가 펩시에게 보여준 우정과 어떻게 두 녀석이 순식간에 뗄래야 뗄 수 없는 관계로 발전되었는지 찬찬히 생각해보았다.

스프라이트가 늘 펩시 머리를 핥아주고 펩시도 녀석에게 똑같이 그렇게 해줌으로써, 서로가 주고받음이 어떤 것인지를 가르쳐 주었던 모습들이 생각났다.

바람에 흔들리는 나무와 급수탑이 강물에 반사되는 그림자를 보고 짖어댈 때, 내가 스프라이트 옆에 있어줬던 그 늦은 밤들이 하나씩 하나씩 생각났다.

휴가와 생일을 지낼 때나 아이들 친구들이 집에 놀러올 때면 스프라이트가 좋아서 얼마나 흥분해 했었던지.

라우렌의 고등학교 졸업식 파티 때 스프라이트와 펩시가 오는 손님들마다 얼굴에 큰 미소를 띠고 꼬리를 마구 흔들며 반갑게 인사를 했던 모습. 맛있는 걸 먹을 기회를 엿보며 온 집안을 수색하고 다녔던 장면.

스프라이트와 펩시는 배달원을 보고 짖어대고 문 안으로 들어오면 좋아서 새 친구가 생긴 것 마냥 난리법석을 떨었다.

캔델이 집안일을 하느라 왔다갔다 걸어 다니면 두 녀석은 뒤로 행렬 지어 졸졸 따라다녔다.

스프라이트가 우리를 부둥켜안고, 우리에게 기대고, 무릎 위에 앉고, 코 비벼대기를 하고… 이 모든 사사로운 동작들이 눈에 아른거렸다.

나는 늘 두 손으로 녀석의 머리를 살짝 감싸며 두 눈동자를 지긋이 바라보고 코에 입맞춤을 하고는 내가 녀석을 많이 사랑한다고 말해주곤 했었다.

우리가 집에 도착하면 스프라이트와 펩시가 우리를 보려고 북새통을 이룬다.

스프라이트와 펩시는 라디오 방송이 끝나고 같이 저녁을 먹으려고 참을성 있게 기다리며 내 작업실 문 앞에 앉아서 기다리고 있다.

상실감이 더욱 세차게 밀려왔다.

기억을 더듬어보는 중간에 스프라이트가 죽기 바로 전날 내 친구 데브라 벌링엠이 끔찍한 화재로 조카 윈디를 잃은 소식이 기억났다. 윈디는 9/11 사고로 사망한 조종사 영웅들 중한 사람인 치크 벌링엠의 딸이었다. 난 혼자서 생각했다. 온 가족이 얼마나 크나큰 슬픔을 겪고 있을까.

나는 데브라에게 안부 전화를 걸어 최근 동향을 물었다.

조카 윈디와 오빠 치크의 애도예배를 드렸다고 했다. 윈디의 어린 딸이 엄마를 기억하기를 원했고, 그래서 조카의 딸을 위해 데브라는 앨범을 한 개 만들어 놓았다고 했다. 한참 있다 데브라가 물었다.

"마크, 목소리가 너무 슬프게 들리는 데. 무슨 일 있어요?"

나는 데브라에게 스프라이트의 소식을 꺼내기가 망설여졌다. 왜냐하면 그녀의 상실도 최근에 일어났기 때문이다. 또한 자기가 겪었던 엄청난 사건을 생각하면 나는 아무것도 아니라고 생각할 것 같아서였다. 스프라이트가 최근에 사망했음을 전했다. 그녀는 꼬치꼬치 물어보며 좀 더 많은 걸 알고 싶어 했다.

알고 보니 데브라도 개를 무척 좋아했다. 나의 특별한 유대감을 충분히 수긍했다.

그 날 이후, 그녀는 내게 기운 내라는 메일을 보냈다.

우리는 개들과 아주 깊고 진지한 관계를 맺지요.

우리 오빠 치크는 두 마리 리트리버를 키웠죠. 끔찍이 예뻐했어요. 멋진 녀석들이었죠. 어느 날 오빠가 정원 손질을 하고 있을 때 녀석들도 함께 옆에 있었어요. 목줄을 풀어 놓은 상태였죠. 일하다가 고개를 들어보니 녀석들이 사라진 거예요. 난리가 났죠. 오빠는 사진전단지를 1,000장 찍고 사례금을 1,000불 걸었어요. 오빠의 전략은 가능한 한 많은 장소에 전단지를 뿌려서 개들을 데려 간 사람(분명 억지로 데리고 갔다고 확신했죠)이 다른 곳으로 멀리가지 못하게 하는 것이었죠. 많은 사람들이 전단지를 보고 그 사람을 신고할 거라고 생각했답니다. 그 전략은 효과가 있었어요. 10살짜리 한 보이스카웃 소년이 전단지를 보고 개들을 찾으러 다니다가 몇 킬로 떨어진 곳에서 배회하고 있는 두 녀석을 발견했대요. 오빠는 소년의 전화를 받고 수화기를 내려놓은 다음 막 울어댔지요. 개를 끌고 간 사람이 녀석들을 죽였을 거라고 생각했었죠. 소년의 부모님은 사례는 당치도 않다고 하더군요. 오빠는 여하튼 사례금을 지불하고 싶다고 고집하면서 소년에게 500달러짜리 저금증서를 지불했지요.

그렇지만 마크, 다른 개를 안 키우겠다고 결심하기에는 너무 일러요. 조금만 시간을 갖고 기다려 보세요. 상실의 고통은 사랑의 대가죠. 상실감 때문에 개와 동행하는 길을 지나치기에는 너무 아까운 길이지요. 죽음도 삶의 한 일부죠. 조카 윈디를 어제 묻어 주었는데 내가 이렇게 말하고 있다는 게 믿어지지 않는군요. 사람과 개를 비교한다는 건 조금 그렇지만, 내 생애에 윈디를 만난 게 제게는 복이었죠. 윈디를 잃은 상실감을 면하려고 그 시간을 포기한다는 건 말도 안 되는 이야기죠. 개들은 우리에게 너무나 많은 기쁨을 주지요. 심지어 사랑한 이도 어떤 면에서는 우리를 실망시키지만, 개들은 절대 우리를 배신하지 않지요.

아 얼마나 멋진 사람인가. 그녀에게 답장을 썼다.

"당신은 오빠와 조카를 잃었는데 오히려 나를 위로해 주시는군요. 몸 둘 바를 모르겠습니다. 당신은 정말 대단한 사람입니다. 정말 인상적인 이야기였습니다."

나는 또한 스프라이트를 추도하기 위한 우리의 생각이나 계획들을 이야기 했다.

"캔델과 나는 날씨가 따뜻해지면 우리 집에 나무 한 그루를 심기로 했고, 흙으로 덮기 전에 뿌리 주위에 스프라이트의 유골을 함께 묻을 겁니다."

데브라는 아주 좋은 생각이라고 했다.

펩시는 스프라이트를 몹시 그리워하는 듯 보였다. 둘은 항상 뭘 해도 같이 했었다. 이제껏 본 개들 중에서 가장 사이가 좋은 개들이었다. 아침마다 펩시는 이방 저방 돌아다니며 스프라이트를 찾았다. 녀석은 매우 혼란스러워했다. 스프라이트는 어디에서도 찾을 수 없었다. 펩시는 이따금 시무룩해서 가만히 누워있었다. 우리가 알던 놀기 좋아하고 활기 넘치는 펩시가 더 이상 아니었다. 녀석은 악몽을 꾸기도 했다. 펩시는 가끔씩 낑낑거리기도 했고 한 밤중에 경련을 일으키기도 했다. 전에도 악몽을 꾸기는 했지만 이번엔 좀 달랐다.

펩시는 스프라이트의 죽음으로 큰 심리 변화를 겪고 있었기에 우리는 최대한 녀석에게 관심과 사랑을 주었다. 사실

스프라이트를 잃었음에도 펩시는 우리 가족들에게 위안이
되어 주었다.

스프라이트가 죽고 4일이 지난 월요일, 스프라이트를 데
리고 왔던 몽고메리 카운티 동물애호협회에 전화를 걸었다.
전화 받는 이에게 그들이 하는 착한 일에 대해 감사의 말을
하려는데, 나는 착잡한 감정을 조절하기가 어려웠다.

"여러분들이 하시는 일은 제가 자세히는 모르지만, 가족
을 잃고 학대당한 개와 고양이들을 위해 언제나 도움의 손
길을 주시는 따뜻한 일을 하고 계시군요. 여러분들은 정말
이지 천사입니다. 그리고 거기서 우리 개 스프라이트도 보
살펴 주셨지요. 감사하다고 말씀드리고 싶을 뿐입니다."

그 전화 받는 여자가 상냥한 목소리로 답했다.

"선생님이야말로 진정한 천사십니다. 실제 개를 입양하셨잖
아요. 또 잘 돌보주시고요. 그리고 많이 사랑해 주시잖아요."

나는 대답했다.

"전 천사가 아닙니다. 단지 가장 친한 친구를 잃어버린,
개를 사랑하는 한 사람일 뿐입니다."

그래도 나는 더욱 죄책감에 휩싸이게 될 뿐이었다.

스프라이트를 입양하고 돌봐주는 것이 정말 훌륭한 일이

라고 말하고 있는데도, 스프라이트를 살리기 위해 진실로 내가 할 수 있는 일을 다 시도해 봤던가 하는 의구심이 들었다. 내 스스로에게 물었다. 스프라이트가 우리 집에 입양되고 처음 졸도를 했을 때 왜 나는 MRI검사를 안 했을까? 그때 했으면 수술이 진행될 수도 있었을 텐데. 그러면 녀석을 살릴 수도 있었을 텐데.

나는 스프라이트의 의료 기록을 다시 검토해보기로 했다. 내가 정말 스프라이트를 올바르게 보살펴 주었는지를 스스로 확인 해 볼 필요가 있었다.

스프라이트를 입양한 후 스프라이트를 처음 검사한 메릴랜드의 포레스빌 애견병원이 녀석의 초기 검진기록을 보관하고 있기 때문에 그곳에 전화를 걸었다. 지난 2년간 이 병원에서 검사한 동물들의 숫자를 고려해 그곳에서 스프라이트를 기억하지 못할 거라고 추측했다. 하지만 전화 받는 직원이 녀석을 잘 기억하고 있었다. 그녀의 이름은 페티였다. 스프라이트 레빈의 의료 기록 사본을 얻으려고 전화했다고 설명했다.

나는 말했다.

"아마 우리 개를 기억 못하실 겁니다."

그녀는 대답했다.

"그 개 기억납니다. 하얀색에 황갈색이었죠. 참 훌륭한 개죠. 당신 부인도 기억납니다. 참 멋진 부인이시죠."

스프라이트가 죽었다는 말을 감히 할 수 없었지만 어찌됐든 난 실토했다. 그녀는 가라앉은 목소리로 애도를 표했다. 그리고 며칠 후 스프라이트의 의료 기록이 우편으로 도착했다.

나는 또한 크리스에게 전화를 걸어 올드밀 애견병원로부터 동물 응급실 파일을 포함해 스프라이트 기록을 받아달라고 부탁했다.

서류의 기록들을 꼼꼼히 읽어보았다.

모르는 의료 단어들은 사전을 찾아보았다.

병명과 진료날짜와 진단결과를 하나씩 하나씩 비교해가며 살폈다.

내가 스프라이트를 올바르게 보살피지 못했다는 결론에 이르고 있었다. 결국 내가 스프라이트를 죽음으로 몬 것이다. 왜냐하면 2004년 할로윈 밤에 녀석이 처음 쓰러졌을 때 MRI 촬영을 했어야 했다. 내가 어찌하여 그 좋은 기회를 놓쳐버렸는지, 왜 그 검사를 받지 않겠다고 했는지 도무지 이해가 안 갔다. 그 때 당시 내가 무슨 생각을 가지고 있었는지 떠오르지 않는다.

난 내 마음을 다해서 스프라이트를 사랑했다. 그런데 어찌하여 녀석을 이런 식으로 방치했단 말이던가.

참담했다. 식욕을 잃었다. 3주 동안 무려 몸무게가 9kg 이나 빠져버렸다. 잠도 오지 않았다.

크리스에게 물었다.

"어떻게 내가 스프라이트한테 이런 짓을 할 수 있지?"

크리스는 의료 기록을 전부 살펴보고는 내게 편지를 썼다.

마크에게,

스프라이트의 의료 기록을 모두 검토해보았네. 자네도 알 겠지만 자네와 캔델은 스프라이트한테 최선을 다했네. 아시 다시피 2004년 가을 스프라이트를 입양하기로 결정하기 이 전까지는 스프라이트의 과거 정보를 알려주지 않으니 자네 가 알 도리가 없었겠지. 자네가 알고 있는 내용만으로 입양 여부를 결정해야 했을 거야.

스프라이트를 입양했을 때 녀석의 몸에 문제가 있었다는 걸 알았잖아. 10월 31일 스프라이트의 졸도가 신경성 장애 의 첫 번째 징후였지. 그 문제는 해결된 것 같아 보였고, 딱 한번 그런 증세가 일어났지. 정확히 2주 후에 말일세. 그 다음은 졸도 하는 일이 없었지. 폴스빌 애견병원에서 엑 스레이 촬영결과, 문제는 심장이 아니라 관절이라는 게 밝혀졌고, 그런 증상들을 위해 소염 진통제를 처방해 주었지. MRI 검사를 안했다는 이유로 자네는 스스로를 끊임없이 괴롭히고 있군. 두 가지 증세만을 가지고 MRI 검사를 권유한다는 건 수의사들에게도 매우 어려운 일일세. 그리고 1년쯤 넘어 안면근육 위축 증세가 나타났지. 지역 신경정신과 의사의 말에 따르면 안면 근육을 조정하는 특정 신경계의 종양이(뇌종양이 아니라) 원인일 가능성이 높다고 했지. MRI가 이 병의 원인을 밝혀줄 유일한 방법이었지. 우리는 스프라이트의 나이를 감안해 수술을 받게 하고 싶지 않아서 약물투여만 하기로 했지만 그건 안면에 별 효과가 없었지. 우린 어찌됐든 스프라이트가 고통 받는 걸 원치 않았어. 그리고 지난 여름부터 마지막까지 스프라이트는 집안을 왔다갔다 서성거리고 안절부절 하기 시작했지.

스프라이트는 처음에 생각했던 것보다도 더 나이가 많았고 여러 증상들이 복합적으로 보였지. 녀석은 관절염을 앓고 있어서 몸을 움직이는 데 어려움이 있었어. 나이든 개들에게서 흔히 볼 수 있는 증상인데, 스프라이트는 뒷다리가 약해지면서 등과 엉덩이 관절의 맞물림이 몸을 움직이는 데 아주 큰 장애가 됐던 거야. 2004년 스프라이트가 졸도한 일로 몸 상태를 뭐라 확답할 수 없었고 만일 뭔가 손쓸 일이 있었다면 계속적인 사전 증세가 보였을 걸세.

녀석의 몸 상태를 파악하기에는 불가능했고 안면 함몰은 졸도와는 또한 무관한 얘기네.

나중에 크리스는 설명해주었다.

"으레 병원비 때문에 검사를 주저하는데, 만일 MRI 검사를 받는다면 자네는 수술이나 항암화학요법, 방사선 치료를 기꺼이 받아야 했을 텐데, 이런 경우는 각 검사마다 마취제를 투여하는 방사선 검사일 가능성이 크지."

그는 덧붙였다.

"당시 자네와 캔델은 스프라이트를 무작정 화학검사나 방사선 검사부터 받게 할 사람들은 아니었지."

크리스 말이 분명 옳았고, 내 마음 한 구석에서는 그걸 알고 있다. 하지만 다른 한 구석에서는 내가 했어야 했을 일이 뭔가 있었을 거라는 생각이 늘 떠나지 않았다.

13

스프라이트 나무

2006년 12월부터 2007년 1월

스프라이트가 떠나고 5일째, 크리스가 스프라이트
의 유골 상자를 들고 우리 집에 왔다. 상자를 건네받았을
때 마치 스프라이트가 우리 집에 온 것만 같은 기분이 들었
다. 두 손으로 상자를 받고 바로 내려놓지 않았다. 이미 내

작업실 선반에 상자를 둘 만한 특별한 공간을 마련해 두었다. 그곳까지 가서 상자를 조심스레 올려놓았다. 날씨가 따뜻해지고 땅이 풀리면 나무를 심을 때 녀석의 뼛가루도 함께 묻을 계획이었다. 그 후 며칠 동안은 상자에서 시선을 떼지 못했다. 상자 속에 있는 것이 너무 소중했다. 하지만 차마 열어보지 못했다.

크리스는 떠나면서 이런 말을 했다.

"마크, 한 가지 알아줬으면 하네. 난 이 일을 하면서 수많은 동물들의 병과 죽음을 본다네. 난 그것과 늘 한 발짝 덜어져 있으려고 애를 쓰지. 그런데 자네와 자네 가족이 스프라이트 문제로 고통을 겪고, 그 개를 무척 소중히 여기는 걸 지켜보면서 많은 걸 배웠네."

그러고 보니 크리스와 병원 직원들은 동물이 학대받고 상처받는 걸 수없이 봐왔고, 매년 수 십 마리의 안락사를 감행해야 한다. 수의사들은 환자나 환자가족들을 상대하려면 자신의 감정을 추스르는 자신만의 방법을 가지고 있어야 할 것이다. 크리스는 우리 가족의 고통과 내가 힘겨워하는 걸 지켜보았다. 그는 우리를 진심으로 안타까워했다. 그는 스프라이트를 어떻게든 살리고 싶어 했다. 스프라이트의 상태가 호전되게 하려고 무진장 애를 썼다. 클랜트, 발스레이,

월터도 스프라이트를 위해 지금껏 배운 의료기술들을 최대한 활용했다. 모두들 우리 개를 위해 많이 애써 주었다. 이런 일을 하려면 정말 선한 성품을 타고나야만 할 것 같다.

이전에 나무 한 그루를 부탁했던 정원사에게 연락을 취해 봐야 할 때가 되었다. 마침 정원사는 여기서 그리 멀지 않은 어느 집 정원을 손봐주고 있었다. 그에게 말했다.

"우리 개가 죽었습니다. 그 나무를 심을 때 우리 개 뼛가루를 나무뿌리에 묻고 싶어요. 그리고 나무가 절대 안 죽었으면 합니다. 그래서 어떤 날씨에도 잘 견디는 나무였으면 해요. 사슴이 탐내는 나무 말고 꽃도 피고 아름다운 나무였으면 좋겠어요."

그는 말했다.

"개가 그렇게 돼서 안 됐군요. 어떤 기분인지 잘 압니다. 저도 몇 해 전에 개를 잃었습니다."

우리는 스프라이트와 그의 개에 대해 잠시 이야기를 나눴다. 그리고 그는 말했다.

"딱 적합한 나무가 있지요. 상록수의 일종인데. 여름에 라벤더 핑크 꽃이 피는 나무이죠. 자라면 높이가 2미터가 좀 넘습니다."

나는 말했다.

"날씨가 조금 더 따뜻해지면 그걸 심겠습니다."

12월 15일 금요일, 스프라이트가 죽고 8일째, 라우렌이 집에 온 날이다. 캔델이 공항에서 차로 데리고 왔다. 딸아이가 집에 도착하면 우리는 이 소식을 알려야했다.

딸아이는 거의 두 달 동안 전화 통화를 하면서 늘 마지막에는 스프라이트가 괜찮은 지를 물었고, 그럴 때마다 우리는 몸 상태가 썩 좋진 않지만 머지않아 좋아질 거라고 대답했다. 이제 진실을 말해야 할 때이다.

공항에서 집으로 오는 차 안에서 라우렌은 엄마에게 스프라이트의 안부를 물었다. 그것은 라우렌이 묻는 마지막 안부 인사였다. 캔델은 딸아이에게 사실을 말해줘야 했다. 더 이상 미룰 수 없었다.

캔델은 라우렌 쪽으로 얼굴을 돌려 부드러운 목소리로 말했다.

"지난주에 스프라이트가 세상을 떠났단다, 라우렌. 미안하구나."

라우렌은 흐느끼기 시작했다. 그리고 딸아이는 차 안에서 내게 전화를 걸었다.

"아빠, 엄마한테 스프라이트 얘기 들었어요."

"미안하구나. 좀 더 일찍 얘기하려고 했는데 그러기가 쉽지 않더구나. 네가 그 소식을 들었을 때 얼마나 슬퍼할 지를 생각하면…."

라우렌은 이해했다. 천만 다행이었다. 스프라이트를 살려보려고 우리가 많이 애를 썼다는 사실도 알아주었다. 그리고 스프라이트가 죽은 후 곧 바로 자신에게 알리지 않았기에 혼자서 그 슬픔을 감당하지 않아도 됐다고도 했다.

라우렌에게 참 미안한 마음이 들었다. 딸아이는 펩시와도 그렇듯 스프라이트와 아주 특별한 관계를 가졌다. 집에 있는 동안, 식사 할 때 녀석들에게 음식을 조금씩 주는 걸 보고도 난 아무 말도 하지 않았다. 라우렌은 녀석들과 멀리 산책을 가기도 했고, 장난감이나 간식을 사주기도 했다. 그리고 라우렌은 스프라이트와 펩시를 옆에 두고 거실 쇼파에 앉아 있곤 했다. 스프라이트의 죽음은 라우렌에게 큰 상실감을 주었다. 하지만 그 날 이후 스크랩북과 앨범을 보면서, 우리 가족과 스프라이트와 펩시가 모두 함께 보냈던 시간들을 회상하며 자신의 기분을 긍정적으로 서서히 조절해 갔다. 그게 딸아이가 가진 큰 장점이었다.

크리스가 스프라이트의 유골을 전해주고 간지 1주일이 지났다. 날씨가 점점 따뜻해졌다. 그리고 내가 기다렸던 날이 되었다. 화창한 날씨였다. 이미 매장에 가서 곡괭이, 표토, 뿌리덮개와 같은 재료를 사다 놓았다. 또한 나무 심을 자리도 눈여겨보아 두었다. 나무가 저 멀리 도로에서부터 대문까지 차로 운반돼 오는 걸 지켜보았다. 그 나무가 우리 스프라이트의 유골과 함께 자랄 나무라서 그런지 눈을 뗄 수가 없었다. 내가 품에 안고 부둥켜안았던 스프라이트는 사라졌을지라도 녀석은 이 나무와 함께 계속 살아 숨 쉬고 있을 것이다.

정원사는 데리고 온 두 사람에게 나무를 심게 땅을 파라고 했다. 나는 그에게 말했다.

"고맙긴 하지만 땅 파는 일은 내가 할 일입니다."

그는 말했다.

"땅이 아직은 단단해서 구덩이를 파는 게 쉽지 않을 텐데요."

나는 대답했다.

"내가 해야 만 됩니다."

내 친구 에릭은 내 몸 상태를 염려했다. 또 심장발작이 일어날까 걱정했다. 난 괜찮다고 그를 안심시켰다.

난 나무가 잘 자랄 수 있는 최적의 날씨에 나무를 옮겨심길 원했다. 그 날이 바로 오늘이었다.

정원사는 그냥 지켜보고만 있었다. 한참 동안 곡괭이로

땅을 찍어 내렸는데 곡괭이에 묵직한 쓰레기 더미가 몇 차례 잡혀 밖으로 끌어올려졌다. 예전에 언덕 부위에 묻어야 했었는데 손수레가 없어서 뒷마당에 묻어두었던 재활용 쓰레기들이었다.

3분의 2가량을 팠을 때 땅 속에 전깃선이 보였다. 전깃줄이 연결 된 곳을 침범했던 것이다. 그렇게 많이 넘어가지는 않았다. 전깃줄에 손상이 가진 않았지만 그곳에다가 나무를 심을 수는 없었다. 그래서 밖으로 꺼낸 쓰레기 더미를 끌고 와 안에다 다시 매립시켜서 구멍을 메워 원상 복구시켰다.

이쯤 되자 몸이 완전히 지쳐버렸다. 하지만 멈출 수는 없었다.

그 바로 옆에 새로운 구덩이를 다시 파기 시작했다. 이번에는 전선 같은 건 없었다. 한 시간쯤 지났을까? 이번엔 큰 바위덩이와 부딪쳤다. 아무리 곡괭이로 세게 쳐 내려도 바위를 깨부술 수가 없었다. 그 순간 옆 집 앤디 폰씨가 늘 정원 일을 하던 것이 생각났다. 아마도 그 사람이라면 도와줄 수 있겠다는 생각이 들었다.

앤디는 몰리라는 개를 키우고 있었다. 몸무게가 36kg 되는 14살 암컷인데 거의 걷질 못한다. 앤디는 몰리가 대소변을 보도록 하루에 몇 번 밖에 데리고 나왔다.

앤디 집을 찾아가 바위를 부술 수 있는 도구가 있는지를 물어보았다. 그는 마침 그 연장을 가지고 있었고 본인이 직접 와서 해주겠다고 했다. 앤디는 내 옷이 땀으로 흠뻑 젖어있는 걸 봤다. 그는 5분도 안돼서 바위를 깨부순 다음 파편 덩어리들을 다 치워주었다.

구멍이 크게 생겼다. 이제 가장 중요한 일이 남았다.

스프라이트의 유골을 넣어둔 상자 뚜껑을 숨죽이며 조심스레 열었다. 투명한 비닐로 싸여 있었다. 잠시 동작을 멈추고 한참 뼛가루를 들여다보았다. 구멍 밑바닥에 표토를 부었다. 그 다음 상자를 열어 뼛가루를 흙 위에 골고루 뿌렸다.

뺨 위로 눈물이 하염없이 흘러내렸다. 정말 하기 힘든 일이었다. 스프라이트가 너무너무 보고 싶었다. 그런데 지금 녀석은 이 작은 비닐봉지에 축소되어 옮겨져 있다.

조심스럽게 나무를 옮겨 심었다. 퍼낸 흙을 삽으로 다시 집어 넣고 발로 꾹꾹 밟아주었다. 난 잠시 나무 옆에 앉아서 흐르는 눈물을 닦았다. 거의 탈진 상태였다.

친구이자 이웃인 마우리코 멘도카가 마당에 차를 주차시키고 있었다. 나는 서둘러 눈물을 훔치고 벌떡 일어났지만 이미 그는 내가 지친데다 기분이 저조해 있는 걸 알아차렸다. 내게 건너편 마당에서 큰 소리로 물었다.

"내가 좀 도와줄까? 그러고 싶은데."

마우리코는 스프라이트의 삶에 실로 중요한 부분을 차지
했다. 우리 가족은 그와 그의 가족이 스프라이트와 펩시에
게 보여주었던 사랑에 은혜를 입었다.

나는 대답했다.

"암 좋고말고."

나는 마우리코가 톱밥 퇴비로 뿌리덮개를 해주는 걸 옆에
서 지켜보았다. 그 다음 나무에 물을 주고 비료를 한 웅큼
올려주었다. 일이 마무리가 되어가자, 나무가 제법 멋진 형
색을 갖췄다. 우리들은 서서 나무를 물끄러미 쳐다보았다.

드디어 이제 녀석이 편안히 잠들었다.

집 안으로 들어가서 내 작업실 벽에 매달려있는 유리장
안에 상자를 다시 올려놓았다. 그 상자는 지금도 그 곳에
있다.

그 나무에 대해 말하자면, 혹독한 추위에도 잘 견디며 잘
자라고 있다. 곧 꽃이 필 것 같다.

난 아침에 눈을 뜰 때, 집을 떠날 때, 집에 돌아올 때 그
나무를 쳐다본다. 내게 너무 소중한 나무다. 추억을 빼고
는, 그 나무는 스프라이트가 남긴 전부다.

종종 그 나무 앞으로 가 말을 건넨다.

"잘 지내니, 스프라이트?"

그리고 이따금 잎사귀와 줄기를 만져본다. 그럼 마음이 한결 좋아진다. 때때로 펩시가 나무 냄새를 맡으면 혹여나 친구의 존재를 느낄 수 있을까싶어 녀석을 나무 앞으로 데려가곤 한다.

캔델은 매년 그렇듯 하누카와 크리스마스를 위해 집을 꾸몄다. 그렇지만 예전 같지는 않다. 당연히 똑같을 수가 없을 것이다. 사랑한 이를 잃은 사람에게 이 연말시즌은 특히나 힘든 날이다. 스프라이트의 산타양말이 우리 양말과 함께 매달려있지만 그 안은 비어있다. 크리스마스 선물을 풀어보기 전에 우리 가족은 머리 숙여 스프라이트를 애도하는 시간을 잠시 가졌다.

반려견을 상실한 다른 사람들처럼, 이따금 깊은 슬픔이 순간순간 밀려오기는 하지만, 스프라이트의 죽음이후 찾아온 우울증을 이겨내는 데 나는 두달 가까이가 걸렸다.

스프라이트가 죽고 나서 며칠이 지나 부모님께 전화를 걸어 레이디가 죽었을 때 슬픔을 어떻게 극복했는지를 물었다. 아버지가 말씀하셨다.

"마크, 모든 아픔에는 시간이 약이라는 말이 맞는 말이란다. 시간이 지나면 그 고통을 이겨낼 만 하게 되지만 절대 잊혀지지는 않지."

난 두 분께 감사드리며 사랑한다는 말을 전했다.

우리 부모님도 언젠가 이 세상을 떠나시게 되겠지…. 심장병 수술이후, 그리고 스프라이트의 죽음을 겪고 이 필연의 운명을 생각해보게 되었다. 스프라이트가 매일 겪는 고통을 마치 내가 겪고 있는 듯 했다. 병이 녀석의 몸을 하나씩 좀먹어 가는 걸 지켜보는 건 정말이지 고통이었다. 스프라이트는 자신이 가진 모든 걸 통해 우리에게 삶에서 무엇이 소중한 것인가를 보여주었다. 걸을 수조차 없게 된 마지막 순간에도 녀석은 우리의 삶을 비쳐주는 환한 빛과 같은 존재였다.

라디오 프로가 끝나기를 참을성 있게 기다리며 내 작업실 방문 밖에서 웅크리고 있던 스프라이트가 그립다.

스프라이트와 펩시와 같이 밤늦게 식사를 나눴던 시간이 그립다.

나무 바닥에 스프라이트 발자국 소리가 삐걱삐걱 들리던 소리가 그립다.

녀석의 짖는 소리가 그립다.

우리가 나눈 대화가 그립다.

우리가 함께 했던 산책 시간이 그립다.

반갑다고 꼬리를 좌우로 막 흔들며 짓던 큰 미소가 그립다.

개 껌을 받아먹을 때 흥분하던 녀석이 그립다.

녀석의 포근함이 그립다.

스프라이트와 나눴던 모든 것들이 그립다.

스프라이트와 함께 했던 시간이 무척 짧았지만, 우리가 녀석을 마냥 귀여워하고 사랑했다는 사실만으로 위안을 삼을 수 밖에는 없다. 녀석은 없어서는 안 될 우리 식구였다. 녀석도 우리 식구라는 사실을 분명 알았으리라. 스프라이트는 내 마음을 감동시켰고 내 영혼 깊은 내면으로 들어왔다.

스프라이트에게 걸어주었던 두 개의 목줄이 신발방 벽에 여전히 걸려있다. 그 방 옆에서 늘 펩시와 스프라이트에게 밥을 주었다. 스프라이트의 약이 식료품 실 선반 위에 그대로 올려져있다. 스프라이트와 찍은 사진들이 집 여기저기에 붙어있다. 내 스탠드 옆에 놓여 있는 사진첩에도 끼여져있다. 마지막 날 스프라이트 밑에 깔아두었던 내 스웨터가 침실 옷장 선반위에 놓여 있다.

이따금 이런 것들이 내 눈에 띈다.

스프라이트와 우리 가족의 삶에 펩시의 역할에 대해선 아무리 말해도 과장이 아니다. 요즘 들어 펩시를 보고 있으면 녀석을 키우게 된 게 너무나도 다행이라는 생각이 전보다 더 절실히 든다. 이 개가 자랑스럽다. 다른 개 같으면 집으로 또 다른 강아지를 데리고 오면 질투하고 영역싸움을 했을 것이다. 그러고 보면 펩시는 태어나서 6년간을 혼자 지냈다. 하지만 펩시는 스프라이트가 우리 식구가 되는 걸 환영했을 뿐만 아니라 스프라이트와 친구가 되어주었다. 펩시는 스프라이트를 우리 가족으로 만들어 주는 데 큰 역할을 했다. 펩시는 인간과 개들에게 똑같이 다정하게 대했다. 펩시와 스프라이트는 차차 서로 친해졌다. 둘은 서로서로 알아갔고 서로의 특성에 조금씩 눈떠갔다. 녀석들은 보기 드문 아름다운 관계를 맺었다.

스프라이트의 죽음은 펩시에게 큰 충격을 주었다. 펩시는 벗을 그리워한다. 홀로 슬픈 시간을 가졌다. 하지만 어떤 것도 펩시를 오래도록 침울하게 만들진 못했다. 9살이나 된 녀석은 아직도 이팔청춘이라고 생각한다. 물론, 녀석의 주둥이와 눈 주위에 다크 서클이 생기기 시작했고 누워 있는 시간이 더 많아졌다.

기가 좀 꺾이긴 했겠지만 겉으로 보기엔 잘 모르겠다. 녀석은 여전히 뛰어 놀고 부엌에 쓰레기통을 뒤지고 다닌다. 애견 샵 통유리 안에서 녀석을 발견했을 때부터 우린 언제나 가까이 지냈다. 지금은 더 가까워졌다. 이렇게 관대하고

의젓한 개는 본 적이 없다. 이 개 없이는 뭘 할 수 있을까 싶다.

캔델은 최근에 내게 이런 말을 했다.

"펩시가 죽으면 당신 마음이 찢어지겠죠. 펩시에게 그 시간이 오게 되면 당신은 어떤 반응을 보일까요?"

나는 대답했다.

"쉽진 않겠지."

그 날이 두려웠다.

캔델은 아무렇지 않은 척 했지만 그녀의 가슴은 미어지고 있을 것이다. 그녀가 스프라이트를 발견했다. 녀석이 고통스러워하고 아플 때 내내 간호했다. 항상 녀석 옆을 지켰었다. 그리고 스프라이트는 그녀를 너무나 좋아했다. 스프라이트가 죽고 며칠이 지나고 캔델은 스프라이트에 관한 이야기를 썼다.

스프라이트는 우리가 13년 동안 살았던 집에서 이사 온 후 곧바로 우리 집에 입양되어 왔다. 이사를 온 게 우리가 다른 강아지를 키우고 싶어 했던 이유였을 것이다. 예전 살던 곳에 있던 친한 친구들을 여럿 떠나왔고 그래서 울적했던 차에 스프라이트의 사랑이 바로 의사 처방전이었을 것이다. 지금 내겐 내가 가는 곳마다 나를 따라다니고 나를 조건 없이 사랑해주는 귀여운 강아지 두 마리가 있다. 집에 호르몬이 왕성한 십대가 있다는 건 정말 축복일 것이다.

스프라이트는 독특한 뭔가를 가지고 있다. 마치 자석처럼 사람들을 자기에게로 끌어당긴다. 다정하고 재미있다. 스프라이트처럼 생긴 개를 아직 본 적이 없다. 수의사를 방문할 때마다 스프라이트 생김새랑 딱 맞는 종을 찾으려고 강아지 차트를 훑어보곤 했다. 내가 발견한 것 중에 가장 가까운 것은 브리타니 스패니얼이었다. 스프라이트는 작은 사슴처럼 생겼다.

스프라이트는 얼굴 가까이에 손을 가져다 대는 걸 무서워했다. 분명 누구한테 주둥이를 세게 맞은 적이 있을 거다. 불행하게도 그 반사적인 행동이 너무 몸에 배어 있어서 절대 사라지지 않았다. 그래서 머리 뒤에서부터 쓰다듬어 주었다. 하지만 녀석은 간식을 받아먹을 때는 즉시 일어서서 앞발을 내민다. 아마 누군가가 녀석에게 시간을 들여 가르쳤을 것이다. 마침내 뎁시도 앞발을 내미는 훈련을 성공시켰다는 게 너무 감개무량하다.

뎁시와 스프라이트는 서로에게로부터 많은 것을 배웠다. 둘은 어느 모로 보나 딱 진짜 형제 같다. 그리고 놀라운 건 만나자마자 그랬다는 거다. 스프라이트가 잠깐 놀러온 개가 아님을 알고부터는 뎁시는 그 개를 한 식구로 받아들였다.

스프라이트는 항상 잘 만한 장소를 찾으려고 장소를 돌고 돌았다. 그게 길을 들이는 행동이란다. 스프라이트가 폭신폭신하고 편안한 침대를 좋아한다는 걸 알고부터는 우리는 녀석을 위해 온 집안에다가 폭신폭신한 걸 깔아놓았다.

스프라이트와 뗍시는 사이즈가 같아 보이지만 뗍시가 적어도 스프라이트보다 몸무게가 5kg이나 더 나간다. 그래서 뗍시는 안고 있기가 힘들다. 녀석은 또 침대에 올라가 있는 걸 싫어했다. 스프라이트는 14kg정도이고 애완용 개처럼 안기는 걸 좋아했다. 침대에서 껴안는 걸 좋아했고 침대에 자기 혼자 있는 거 마냥 다리를 쭉 뻗고 누워있다. 우리 발에다가 녀석이 머리를 올려놓을 땐 녀석의 기분이 짱이라는 얘기다. 왜 스프라이트랑은 함께 할 시간이 짧았을까? 2년이란 시간은 우리가 스프라이트에게 느낀 사랑을 표현하기에는 충분치 않은 시간이다. 그는 우리 집에 오자마자 금세 적응했다. 처음부터 우리를 좋아했다. 정신적 충격을 경험했고 주인에게 버림받은 이 개는 자신의 새로운 삶과 새로운 가족을 사랑했다.

하지만 이 개를 잃어버린 집이 과연 있을까라는 의문이 든다. 이 아름답고 정이 가득한 강아지를 찾기 위해 전국 방방곡곡을 어떻게 안 다녀 볼 수가 있지? 우리는 인터넷에서 녀석을 쉽게 찾았다. 그들이 스프라이트를 찾긴 찾았을까? 녀석이 길을 잃은 걸까? 우리가 스프라이트를 입양하고 녀석의 건강 문제를 알게 되었을 때 우리는 이전 가족들이 이 사실을 알고 있었을 지가 궁금했다. 아마 그들은 아픈 강아지를 키울 형편이 안 되었거나 신경 쓰고 싶지 않았을 것이다.

그 사람들이 누구였든, 스프라이트와 함께 할 수 있는 2년이란 시간을 준 걸 감사하게 생각한다. 스프라이트는 우리가 준 것 보다 훨씬 더 많은 걸 우리에게 주었다. 스프라이트는 우리가 가까이 있을 때는 아픈 척하지 않으려고 무진장 애를 썼고, 마음을 다해 우리를 사랑해주었다.

고마워요, 여보, 스프라이트를 우리 집에 데리고 와줘서.
고맙구나, 체이스, 스프라이트를 인터넷에서 찾아줘서.
그리고 고맙다, 라우렌, 스프라이틀 찍은 사진을 남겨줘서.

스프라이트가 죽고 10주가 지났다. 그 날 오후 옆집 마우리코씨네가 브라질로 돌아가기로 했다는 말을 들었다. 그는 진작 떠났어야 했지만 집 처분과 해결되지 않은 사업문제 때문에 남아 있었다. 그의 아내 레나타는 그녀의 가족에게 돌아가길 원하기도 했고, 또 아이들이 며칠 후면 학기가 시작되기 때문에 그들은 서둘러 떠나야만 했다.

아내와 나는 마우리코씨 가족에게 그의 식구들이 우리에게 베풀어 준 도움에 고맙다고 했다. 그들은 집을 비울 때 펩시와 스프라이트를 사랑해주고 너무나 잘 보살펴 주었던 보기 드문 사람들이다. 우리는 그의 식구들이 그리울 것이고 절대 잊지 못할 것이다.

마우리코이 아홉살짜리 아들 다니엘이 한 시간 동안이나 내게 주려고 스프라이트에 대한 편지를 썼다고 했다. 그 편지를 펼쳐보았다. 아이가 그 안에 담은 모든 생각들과 노력들을 느낄 수 있었다. 다니엘이 직접 연필로 썼다. 다음과 같이….

내가 스프라이트를 처음 보았을 때 나는 이 개와 그의 친구 펩시와 친구가 될 수 있을 거라고 생각했지요. 어떻게 됐을까요? 정말 생각대로 됐답니다. 내 인생에 최고의 날 이었지요. 나는 스프라이트를 매일 하루도 안 빠지고 봤습니다. 1년 후 끔찍한 일이 일어났어요. 스프라이트가 다리와 뇌에 병이 걸린 거죠. 난 너무 슬펐답니다. 그 며칠 후 내가 스프라이트를 간호하게 되었는데 정말 좋았어요. 아빠도 옆에서 거들어주셨지요. 그 다음 우리는 강아지들을 산책 시켰지요. 스프라이트는 뛸 수는 없었지만 펩시는 잘 뛰었죠. 하지만 그 때 정말 놀라운 일이 일어났답니다. 처음으로 스프라이트가 빨리 달리기 시작한 겁니다. 우리는 정말 재미있게 공놀이도 했어요. 난 스프라이트와 영원히 함께 있게 되기를 마음속으로 빌었어요. 스프라이트는 펩시와 함께 재롱을 부리죠. 스프라이트는 특별한 약을 먹어야 한대요. 그리고 정말 귀여운 것은 스프라이트가 펩시 그릇을 먹어 치우고 펩시는 스프라이트 그릇에 있는 음식을 먹어치운다는 사실이랍니다. 스프라이트는 절대 안 물어요. 이건 펩시도 마찬가지죠.

나는 다니엘을 꼭 껴안아 주었다.

"다니엘 너와 네 가족에게 어떻게 고맙다는 말을 해야 할지 모르겠구나. 이건 너무 아름다운 편지야. 스프라이트와 펩시는 너를 너무 좋아해. 우리도 이 편지를 항상 간직할게."

스프라이트와 펩시는 너무 많은 이들의 삶을 풍요롭게 만들어주었다.

그리핀

2007년 2월

2월이다. 캔델이 잘 견뎌나갔다. 아내는 언젠가부터 어디 간다는 말도 없이 주말에 몇 시간씩 집을 비운다. 또한 부엌에서 서류들이 발견되었는데 그것들은 애견 보호소 사이트에서 출력해 낸 프린트 물이었다. 난 아내가 무엇을 하려는지 잠작 할 수 있었다.

난 단호한 목소리로 말했다.

"여보, 난 다른 강아지 키울 준비가 안 됐어. 우리에게는 펩시가 있고 지금은 펩시만으로도 충분해."

그녀가 말했다.

"라우렌이 그냥 컴퓨터에서 본 거예요."

그때 라우렌이 내게 와서는 사진 한 장을 보여주며 말했다.

"아빠, 이 개 좀 보세요. 너무 예쁘지 않아요? 이 개는 눈이 안 보이는데 우리 도움이 필요해요."

난 딸아이에게 말했다.

"너 왜 그러니? 아빠 마음이 좀 정리가 되게 좀 해주렴. 절대 새로운 개는 안 돼."

그리고 1주일이 지났다. 난 작업실에서 일하고 있었다. 캔델과 라우렌이 외출하고 없었다. 체이스는 두 사람이 펩시를 차에 태우고 나갔다고 했다. 오래 집을 비웠지만 별로 크게 생각하지 않았다.

차고 문이 열리는 소리가 들렸다. 캔델과 라우렌이 집에 온 거다. 갑자기 요란한 소리가 났다. 펩시가 집안에서 데블모드로 변해서는 온 집안을 뛰어다니는 것이었다.

나는 소리쳤다.

"아 저건 뭐지?" 안돼!

무슨 일인가 싶어 올라가보려고 했는데 작은 강아지가 지하실로 펄쩍 펄쩍 뛰어 내려와서는 내게 인사했다.

캔델이 말했다.

"예쁘지 않아요?"

그녀의 얼굴에는 활짝 웃음꽃이 피어 있었다.

"내가 다른 강아지 키우기에는 너무 이르다고 말했잖아! 나한테 아무 상의도 하지 않고 일을 벌였다는 게 믿을 수 없군."

그녀가 대답했다.

"내가 얘기했으면, 당신이 안 된다고 했을 거예요."

"맞아. 내가 안 된다고 했을 거야. 다른 강아지를 키우기 전에 시간이 적어도 몇 달은 필요하단 말이야."

캔델은 미안하다며 내일 갖다 주고 오겠다고 했다.

캔델과 라우렌은 메릴랜드 주 프레더릭에 있는 「팻스 마트」에 펩시를 데리고 갔다. 그곳은 입양할 강아지들을 전시해 놓고 있는 곳이다. 이 때 어느 통유리 진열장 안에 자고 있는 강아지가 눈에 들어왔다고 한다. 곱슬곱슬한 털로 뒤덮여있어서 얼굴이 안 보였다. 어떻게 생겼는지 자세히 보려고 안아 올렸다. 순간 아내와 딸은 서로 눈이 마주쳤고, 그길로 곧장 녀석을 집으로 데리고 온 것이다. 펩시도 그 개와 성격이 잘 맞았다. 개는 가게 안 에서 두 사람 주위를 계속 따라다녔다. 마치 이렇게 말하는 것 같았다.

"저를 데려가 주세요."

이윽고 밤이 되자 나의 분노도 점차 가라앉았고, 나는 아내에게 그 개를 그냥 집에서 키우자고 했다. 다른 사람들이 아무도 그 개를 입양하지 않으려고 한다면 오직 신만이 그 개에게 어떤 일이 일어날지를 알게 될 것이다. 그건 운명이었다. 아내와 딸아이는 메릴랜드의 몬로비아에 있는 「동물 구조를 위한 친구들」이라는 그룹이 지역 보호소에서 그 녀석을 안락사시키기 바로 직전에 가까스로 그 개를 구조해 낸 것이다. 그 지역 보호소에서는 몇 달간에 걸쳐서 입양할 가족을 간절히 찾았으나 아무도 나타나지 않자 할 수 없이 안락사를 결정하게 됐다고 한다. 게다가 그 조그만 녀석과 몇 시간 보내자 나는 이미 녀석에게 내 마음을 송두리째 빼앗겨 버렸다. 녀석은 푸들과 작은 테리어의 잡종견으로 정말 귀엽게 생겼다. 그리고 몸무게는 12kg은 넘을 것 같지 않았다.

그 개는 우리 집에 온 걸 너무 행복해 했다. 이 방 저 방을 돌아다니면서 여기저기 냄새를 맡았다. 자기를 소개하는 것 마냥 우리 식구들한테 가까이 왔다. 이 개는 화목한 가정이 필요했다. 바로 내 가족이 말이다.

우리는 녀석의 이름 짓는 일에 열띤 토론을 벌였다. 라우렌은 마운틴 듀란 음료수를 마시고 나더니 '듀이'라고 짓자고 했다. 캔델은 프레스카 또는 환타를 얘기했다. 결국 우리는 펩시, 스프라이트와 같은 청량음료의 이름을 따라가고 있었다. 체이스와 나는 그 이름을 다 무시했다. 우리는 더 이상 탄산음료수 이름을 따지 않기로 하고 '그리핀'이라고 하기로 결정했다.

캔델은 그 개가 여섯살이라는 얘기를 여러 사람들한테서 들었다고 했다. 난 다시 한 번 모두에게 말해 주었다.

"이 개는 여섯살이 아니야. 훨씬 더 나이가 많아."

우리는 나중에 이 개가 열한살이라는 걸 알게 되었다. 캔델이 이 개의 배경에 대해 깊이 알아보았더니, 그 개의 주인 가족들은 너무 바빠서 개를 키울 수 없다는 결정을 내렸다는 것이었다. 그들은 여행을 더 많이 다니길 원했다. 그래서 이 개를 입양시킬 수 있는 지, 아니면 안락사를 시켜도 되는지에 대해 수의사와 상의했다고 한다. 당신 같으면 상상할 수 있겠는가? 나는 그런 비인간적이고 이기적인 사람들이 그저 경멸스러울 뿐이었다.

나는 크리스에게 그리핀을 건강검사를 완벽히 봐달라는

메일을 발송했다. 개의 건강상태가 어떤지를 확실히 알기를 원했고 녀석을 위해 가능한 모든 걸 다 해주고 싶었다. 크리스는 내 메일을 확인하고는 "와우!"하며 놀랐다. 캔델과 내가 다른 개를 집으로 데리고 온 사실에 무척 놀란 모양이었다.

검사한 결과 한 쪽 귀가 오랫동안 심하게 감염되어 있었다고 했다. 귀를 검사하려면 너무 아프기 때문에 입막음을 해두었다고 했다. 그리고 오른쪽 귀에 장기간 염증이 있어서 최근에 오른쪽 귀의 입구에서 고막에 이르는 관을 절제하는 수술을 했다. 원래 가족들이 이 개를 조금만 신경써서 보살폈더라도 지금처럼 이렇게 고통스럽진 않았을 것이다.

그리핀은 더 이상 혼자 힘으로 살아갈 수가 없게 됐다. 녀석은 특별한 의료치료를 받아야 하고 지금부터 철저하게 보살펴 주어야만 한다. 녀석은 또한 심장판막에도 문제가 있었다. 하지만 심장 문제를 안고 사는 사람들처럼, 그리핀이라고 해서 더 오래 살지 못할 이유는 없다. 그렇게 되길 정말 바란다.

그리핀은 자기를 사랑해주는 사람들이 있고 친하게 지낼 수 있는 강아지 친구들이 있다. 그리핀은 더 이상 자기 집이 어디인지 궁금해 하지 않아도 된다. 우리는 하우스 훈련을 시켰다. 그건 이른 아침과 늦은 밤에 대소변을 가리느라 밖에 데리고 나갈 일이 많았다는 의미다. 하지만 그런 수고를 할만 했다. 그리핀은 곧 우리 가족의 작은 기쁨이 되었다.

스프라이트가 눈 감기 바로 전에 나는 녀석의 눈을 보았고 절대 너를 잊지 않겠노라고 마음속으로 되뇌었다. 그리고 나는 매일 수십 번 녀석을 생각한다.

스프라이트는 지구에서 잠시 머문 동안 자신이 행한 착한 일들과 자신이 추진한 일들을 절대 모르고 있을 것이다. 그 녀석 때문에 내가 이 책도 쓰게 되었다. 그래서 〈굿바이 내 사랑 스프라이트〉로 나온 수익금은 전부 유기견 보호소나 강아지 보호단체로 돌아갈 것이다. 이 보호단체들은 사료, 의료시설, 화목한 가정을 열렬히 필요로 하고 있는 여러 마리의 스프라이트와 그리핀들이 가득한 곳이다. 이런 곳에서 구출된 강아지들도, 일반 강아지들처럼 인간의 친절함에 감동받는다.

사랑스러운 스프라이트와 펩시, 그리고 그리핀을 대신할 수 있는 개는 이 세상 그 어디에도 없을 것이다.

그리고 마지막으로, 우리 인간은 참 복 받은 존재들이다.

스프라이트의 정신

　스프라이트가 저 세상으로 간지 며칠 후에, 나는 많은 청취자들과 친구들로부터 이메일과 카드를 받았다. 사랑하던 존재를 상실 했을 때의 상처가 어떤지를 알기에, 그리고 그들의 관심이 내게 얼마나 많은 위로를 주었는지 알기에, 나는 여기에 그들의 사연을 공개한다. 이 편지들은 당신에게도 마찬가지로 위로가 되어 줄 것이다.

　나는 꽤 오랫동안 살면서 귀여운 친구들이 많이 있었지요. 나는 그들과 헤어질 때면 언제나 가슴이 무너지는 것을 느꼈어요. 왜냐하면 그들은 곧 나의 가족이었으니까요. 내가 베트남에서 참전하고 있었을 때, 그곳에서는 독일 셰퍼드가 사람을 대신해서 죽는 걸 여러 번 봤죠. 베트남에서 돌아 왔을 때부터 난 처음으로 셰퍼드를 키우기 시작했죠.

　첫 번째 셰퍼드 듀크는 용감했고, 충성스러웠고, 언제나 나를 보호해 주었지요. 그 녀석은 나의 분신이었습니다. 나와 함께

차도 타고 선탠도 함께 했지요. 그때 우리 둘은 모두 젊었답니다. 우리는 말없이도 서로 소통할 수 있었죠. 때때로 우리는 서로 싸우기도 했답니다. 듀크가 쓰러져서 내가 그를 데리고 수의사에게 갔을 때, 그는 벌써 죽은 것 같았어요. 그래도 그 마지막 순간에 녀석은 온 몸의 마지막 에너지를 다 집중해서는 나를 물끄러미 바라보는 겁니다. 듀크와 함께한 11년이 제 인생에서 가장 아름다웠던 황금기였죠. 그렇지만 그 기간은 너무나도 빨리 지나갔어요.

나의 연민과 애도를 레빈씨 가족에게 전합니다. 뎁시를 사랑해 주세요. 그리고 다른 강아지를 데려오는 것, 두려워하지 마세요. 우리들은 녀석들의 사랑으로 인해서 더욱 풍요로워질 겁니다.

지금 나는 두 마리의 셰퍼드를 키우고 있는 데 지난 세월동안 모두 일곱 마리를 저 세상으로 보냈답니다. 매번 떠나보낼 때마다 슬픔이 엄습해 왔고, 그리고 매번 새로 입양할 때에는 또 다시 기쁨이 넘쳐왔죠. 기쁨은 언제나 슬픔을 앞도했답니다. 그 기쁨이 나의 영혼을 살찌우게 했죠.

스프라이트와의 추억을 통하여, 우리 모두는 우리의 다정한 친구들에게 경의를 표해야만 합니다. 그리고 그들이 가져올 기쁨에 함께 동참해야 하구요.

— 해머

당신의 개를 잃었다고 들었습니다. 나 역시도 과거에 내가 키웠던 개에 너무나 집착하는 나 자신을 돌이켜 볼 때마다 놀라곤 합니다. 사랑했던 개를 잃는다는 건 정말 끔찍한 일이지요. 그래도 더 많은 사람들이 개를 사랑해야 하며 그들이 얼마나 인간과 똑 같은가를 알아야만 한다고 생각합니다. 우리는 일 년 전에 사랑하던 골든 리트리버를 저 세상에 보냈습니다. 암컷이었는데 14살 이었죠. 나는 강아지 때부터 줄 곧 그 개와 함께 지냈습니다. 내 삶에서 어려운 형편은 좀처럼 나아질 줄 몰랐지만, 그 개는 내게 큰 행복을 가져다 주었습니다. 함께 있을 때면 늘 즐거웠으니까요. 나는 처음 그 강아지를 데리고 올 때부터 내 침대에서 재웠답니다. 당신의 가족에게 심심한 조의를 표합니다. 나는 당신의 개도 개들의 천국에서 나의 강아지들과 함께 즐겁게 살 것이라고 믿습니다. 우리는 또 다른 개를 동물보호소로부터 곧 입양할 생각입니다. 나는 지금도 그 개의 꿈을 꾼답니다.

— 플러머

마크씨, 나의 진심어린 애도를 받아주십시오. 나 역시도 두 마리의 사랑하던 개를 잃었답니다. 오프라는 2001년에 죽었고 휘트니는 2004년에 내 곁을 떠났죠. 다른 어떤 개들도 결코 그들을 대신 할 수 없다는 것을 잘 압니다. 오프라가 죽었을 때 난 여행 중에 있었죠. 3일 동안 집을 떠나 있어야만 했던 겁니다. 내가 그 시간에 거기에 없었다는 걸 지금도 후회하고 있답니다. 오프라의 죽음은 전혀 예고없이 일어났죠. 그렇지만 하나님께서는 오프라가 천국에서 잘 있다는 사인을 보내 주시었죠. 내가 오두막에서 친구들과 캠프파이어를 하면서 오프라의 죽음을 애도할 때 있었던 일입니다. 갑자기 무엇인가가 내 다리를 간질러서 내려다 보았죠. 거기에는 죽은 리트리버와 똑 같은 작고 귀여운 녀석이 나를 올려다 보며 웃고 있는 겁니다. 오프라와 똑 같은 색깔이었다니까요. 나에게 다정한 미소를 지어 보이더니 저 멀리 뛰어 달아나더군요. 다른 친구들은 아무도 보지 못했어요. 오로지 나만 보았답니다. 그건 바로 하나님께서 내게 오프라가 비록 내 곁에는 없어도 저 천국에서 잘 지내고 있다는 사인을 보내 주신 거죠.

— 러스키1

당신이 사랑하던 스프라이트를 잃었다는 소식은 나를 슬프게 했어요.

나도 작은 바둑이를 하나 키웠는데 그 개는 어머니가 58세에 돌아가지기 바로 전에 입양한 개랍니다. 샘은 15년간을 나와 함께 살았답니다. 그리고 뇌 앓으로 인해 더 이상 살 가망이 없다는 판정을 받았을 때 결국은 안락사를 결정했지요. 그 후 나는 독일산 셰퍼드의 주인도 됐었지요. 그 녀석은 나 외에는 어떤 사람도 따르지 않는 아주 충성스런 개였지요. 난 그 개의 이름을 샘손이라고 지었답니다. 샘에게는 심장질환이 있었어요. 그 몹쓸 병은 이 아름다운 녀석을 수시로 괴롭혔답니다. 녀석은 자주 깽깽거리며 땅바닥에 주저 앉곤 했지요. 나는 결국 그의 고통을 덜어주기 위해서 그를 저 세상으로 떠나보내기로 결심했답니다. 죽어가는 샘을 보면서 나는 샘을 꼭 뒷마당에 묻어 주기로 약속했답니다. 샘은 뒷마당에서 노는 걸 제일 좋아했고 그곳은 샘이 때때로 토끼를 잡겠다고, 결국은 한 마리도 잡진 못했지만, 이리 저리 뛰어 다녔던 곳이기도 하지요. 샘이 세상을 떠날 때가 아마도 9살 때 쯤 이었던 것 같아요. 형편 때문에 집을 팔아야만 했을 때, 나는 두 번째로 샘에게 작별인사를 해야만 했지요. 이 일은 6년 전에 일어났던 일입니다. 이 편지를 쓰고 있는 지금도 내 눈에서는 눈물이 하염없이 흘러내리고 있답니다. 샘을 그리워하는 눈물이죠.

아. 정말 개란 짐승은 얼마나 우리 인간들에게 좋은 친구인가! 지금껏 나는 또 다른 개를 키우지 못하고 있답니다. 떠나 간 샘을 아직도 사랑하기 때문이죠. 나는 뉴욕에서 경찰관으로 근

무하다 부상으로 인해 은퇴한 사람입니다. 난 그 녀석을 너무나
도 사랑하고 있습니다. 그리고 당신도 당신의 친구를 영원이 잊
지 못할 거라는 사실도 잘 압니다.

- 폴

1988년 12월 7일에 우리는 우리 가족의 일원이었던, 어려서
부터 나와 함께 자라온, 소중한 개를 잃었댔습니다. 매년 12월 7일
이 되면, 그날은 우리 가족의 충성스런 일원을 잃은 날로 기억
됩니다. 나는 우리의 슬픔과 당신의 슬픔이 동일한 것일 거라고
확신합니다. 나의 기도가 레빈씨 가족과 펩시와 스프라이트에
게 전달되기를 원합니다.

- 큐레이터

난 개들을 정말 사랑했었죠. 그들은 나의 가족이었습니다. 당
신이 펩시와 스프라이트 이야기를 했을 때 난 얼마나 즐거웠는
지 모릅니다.

당신이 방송에서 스프라이트에게 문제가 있다고 얘기했을
때, 그리고 그 이후로 일주일간 방송에 나오지 않았을 때, 난 당
신이 스프라이트를 잃었다는 걸 알았습니다. 비록 그 후 여러
주 동안 당신이 스프라이트 얘기를 하지 않았지만 말이지요.

나는 세 마리의 개를 2000년 3월 11일부터 2005년 3월 11일 사이에 잃었답니다. 네. 그래요. 두 마리의 개는 약속이라도 한 듯이 똑 같은 3월 11일에 5년 간격으로 세상을 떠났답니다. 새도우와 오딘은 내가 강아지 때부터 키워 온 개입니다. 그들은 다른 개들과 비교해 볼때 그래도 꽤 오래 산 셈이었죠. 세 번째 개 레이디 버그는 동물보호소에서 데리고 온 나이 많은 암컷이었죠. 레이디 버그는 나와 단 3년 밖에 같이 살지 못했답니다. 갑작스런 발병으로 병명도 모른 채 겨우 5일만에 죽었으니까요. 내게 그 충격이란 정말 뒤에서 찜 차가 와서 나를 덮치는 것 같았답니다. 나는 지금도 그들 세 마리의 개들과의 추억을 더듬으며 웃기도 하고, 울기도 한답니다. 나는 내가 죽으면 나의 재와 우리 개들의 재를 동네 뒷산의 언덕에 뿌려주길 희망합니다. 그 언덕은 우리들이 함께 즐겁게 산책하며 뛰어놀던 곳이지요. 난 그 날을 위해서 그들의 재를 예쁘게 장식된 상자 속에 넣어서 잘 보관하고 있답니다.

나는 당신에게 이 사실을 일깨워주고 싶습니다. 당신의 사랑과 슬픔을 당신과 함께하고 있는 많은 사람들이 있다는 사실 말입니다. 내 애도의 마음을 당신과 가족과 뗍시에게 전합니다. 천국에 있는 당신 친구에게도요.

- 마리온

에필로그

죽고 나서 며칠 후, 나는 스프라이트를 위해서 글을 써 그것을 책으로 만들기로 결심했다. 그런 배경에는 그책이 스프라이트를 잃은 슬픔에서 나를 벗어나게 해 줄지도 모르겠다는 생각과, 현재 사랑하던 개를 잃어서 슬픔을 당하고 있거나, 또는 장차 슬픔을 당할 사람들에게 도움을 줄 수도 있을 것이라는 생각이 깔려 있었던 것이다.

얼마나 여러 번 그 일을 그만둘까하는 생각 때문에 쓰던 걸 멈추었는지 모른다. 도대체 누가 나의 이런 사소한 끄적거림을 읽어 줄까하는 의심이 들었다. 한편으로는 나의 감정이나 나의 가족상황을 너무 지나치게 공개하는 것은 아닌가하는 두려운 마음도 들었다. 솔직히 이 슬픔을 나 혼자서 해결하는 게 낫겠다는 생각도 해 보았다. 내 딸과 아들과 아내는 자신들도 스프라이트를 잃어서 가슴 아픈 상황임에도 불구하고, 나의 작업을 계속하도록 힘을 북돋아 주었다. 나는 정말 가족들을 사랑한다, 그리고 나는 그들이 내 곁에 있다는 게 자랑스럽다.

글을 쓰는 내내 그들은 적극적으로 나를 지원해 주었다.

이 책은 그러니까 우리 가족과 스프라이트, 펩시, 그리고 그리핀의 이야기이며, 동시에 우리의 가족사(家族史)이기도 하다.

나의 삶을 통하여, 내가 진정으로 존경하고 사랑하는 부모님은 언제나 나에게 지혜의 근원이었고 영감을 주시는 분들이었다. 그 분들은 언제나 나의 든든한 후원자이셨으며 나의 열정적인 팬이셨다. 평생을 열심히 일하면서 자식들에게 헌신해 오신 이타적(利他的)인 분들이다. 부모님의 가르침과 교훈에 나는 평생 빚진 사람이다. 형 더그와 로브도 나의 소중한 가족이며 이 책의 집필에 큰 도움을 준 분들이다.

나는 내가 신뢰할 수 있는 좋은 친구들을 가진 걸 평생의 자랑으로 생각한다. 그 중 한 사람이 데이비드 림바그이다. 데이비드는 훌륭한 변호사요, 컬럼니스트이며 베스트셀러의 저자이기도 하다. 그는 나의 저작권 에이전트이기도 하다. 그는 내가 이 책을 쓸 처음부터 나의 문장실력을 칭찬해 주었을 뿐 아니라 이 책이 많은 사람들로부터 사랑받게 될거라고 격려해 주었다. 이 책의 탄생은 그의 격려에 힘입은 바 크다.

에릭 크리스텐슨은 내가 사장으로 있는 랜드마크 법률회사의 부사장이자 나와는 어려서부터 같이 자라온 친구이다.

때때로 밤 늦게 사무실에 나가서 이 책을 집필할 때면, 난 에릭과 함께 하면서 그로부터 이런 저런 아이디어를 얻기도 했다. 언제나 그에게는 번뜩이는 그 무엇인가가 있었다. 스프라이트의 죽음이 내 머리 속에 강하게 각인되어 있을 때, 나의 집필작업은 암초에 부닥쳐 있었다. 그럴 때 조차도 에릭은 내게 훌륭한 조언으로 나의 마음에 안정을 주었다.

나는 또 닥터 크리스 호슨이 없었다면 어떻게 했을까를 생각해 본다. 그는 스프라이트의 일로 우리 가족들이 도움이 필요했을 때는 언제든 달려왔다. 크리스 뿐만이 아니라 닥터 제시카 프랜트, 닥터 주디 브스리 그리고 올드밀 동물병원의 전문 의료팀은 스프라이트의 생명연장에 필요한 모든 조치를 박애주의의 정신에 입각해 시술해 주었으며, 결국에는 스프라이트를 편안하게 보내주기 까지 하였다. 그들은 진정 이 책의 영웅들이다. 풀스빌 애견병원의 닥터 노만 월터스와 그의 의료진들에게 감사한다. 또한 몽고메리 카운티의 휴메인 소사이어티(Humane Society)의 멤버들에게도 감사한다. 그들은 스프라이트의 어려웠던 시절을 잘 보살펴 주었던 인정 많은 사람들이다.

러쉬 림바그와 션 한니트는 나의 가장 가까운 이웃 친구들이다. 그들은 스프라이트가 세상을 떠났을 때 나를 도왔으며 이 책에 열성적인 후원자들이었다. 그들이 나의 친구라는 사실에 자부심을 느낀다. 데브라 벌링엠은 어느 누구보다도 더 혹독한 인간적인 고통을 당한 사람이다. 그럼에도 불구하고 그녀는 그 어떤 때보다도 더욱 강한 의지와 믿음으로 세상을 살아가고 있다. 그녀는 그 자체로 삶의 본보기이다.

편집자인 미첼 아이버스는 재능으로 똘똘 뭉친 사람이다. 그는 수많은 유명작가들의 작품들을 편집했다. 그는 또 열렬한 강아지 애호가이기도 하다. 그의 재능으로 이 책이 한결 더 멋진 책이 되었다. 내가 처음 개에 관한 책을 쓰겠다고 제안했을 때, 과연 그 스토리를 잘 전할까하고 의구심을 품은 사람들이 있었다. 그들의 염려는 자칫 이 책이 주인공이 없는 책이 되지 않을까 하는 것이었다. 이 책이 비록 과거에 내가 썼던 책과는 분명 다르지만, 나는 이 책을 훌륭하게 만들어 낼 수 있다는 것을 처음부터 확신했다. 무엇보다도 나는 이 책을 써야만 했다. 그리고 미첼은 그런 내 마음을 읽었다. 그에게 감사한다. 메리 마탈린은 내가 오랫동안 경이적인 눈으로 바라보며 존경했던 인물이다. 그녀는 사이몬 앤 슈스터에서 나의 책이 출판되기 까지 많은 지원을 아끼지 않았다.

내 이웃들에게 특별히 감사를 전하고 싶다. 이 책에는 많은 이웃들의 이름이 나온다. 나는 너무나도 좋은 동네에서 살아왔다. 이웃들은 친절했으며 사귀기 쉬웠고 열린 마음을 가지고 있었다. 그들은 크건 작건 어느 모양으로나 스프라이트의 삶에 관계하였으며, 나는 결코 그들의 그런 애정을 잊을 수가 없을 것이다.

나는 이 책을 빌어서 동물을 사랑하는 수많은 사람들에게 감사를 전하고 싶다. 당신들은 필요 없다고 내어버린, 또는 잃어버린 개들을 데리고 와서 보금자리를 마련해 주었으며, 그들에게 먹을 것을 주었고, 그들이 아프면 의료 서비스를 제공해 준 마음이 따뜻한 사람들이다. 당신들이야 말로 나의 가슴에서 우러나오는 진정한 감사를 받을 자격이 있다. 당신들은 매우 특별하다. 당신들의 앞날에 신의 축복이 함께 하기를!

옮긴이의 글

어느 날, 미국 인기 라디오 프로 진행자 마크 레빈씨 가족의 개와의 러브스토리가 내 귀에까지 전해졌다.

집 지하 작업실에서 진행되는 라디오 프로그램은 실은 레빈씨의 단독 프로가 아니었다. 늘 그의 곁에는 반려견 펩시와 스프라이트가 있었다. 프로가 시작되면 그 프로가 끝날 때까지 방문 앞에서 차분히 기다리고, 끝나면 레빈씨는 그들과 저녁식사를 함께하고 산책을 하곤 했다. 애견샵에서 운명적으로 만난 검정색 펩시와 아내 캔델의 또 다른 개를 입양하자는 의견에 탐탁해하지 않으며 만나게 된 희고 누런색 스프라이트, 이 두 개들의 등장과 함께 레빈씨네 가족은 활기와 기쁨으로 가득하게 된다. 또한 갑작스런 스프라이트의 등장에도 펩시의 거리낌 없는 관대한 환영에 가족의 염려스러움은 사라지고, 두 녀석이 터울 없는 사이로 발전해가는 모습을 보며 많은 걸 배우게 된다. 펩시와 스프라이트가 각자의 다른 점을 존중해주고 서로의 몸을 핥아 주는 모습을 지켜보며 식구들은 관계속의 따뜻함을 지켜본다. 펩시와 스프라이트는 마크씨가 심장병으로 수십 번 응급실에 실려 가고 목숨을 건 수술을 받고 회복하는 동안 늘 그의 곁을 지켰으며, 그의 가족들에게는 언제나 아픔을 달래주는 위로가 되어 주었다.

이처럼 끈끈한 한 식구가 되어버린 상황에서 어느 날 돌연 스프라이트가 졸도를 한다. 그 후 먹구름처럼 밀려오는 마크씨네 가족들의 가슴앓이와 심적 고통 그리고 죄책감. 스프라이트를 떠나보내고 새로운 식구로 맞게 되는 그리핀 이야기까지…. 이건 단순한 개 이야기가 아니다. 한 사람의 인생 이야기며, 한 가정의 스토리이다.

이 책을 한 줄 한 줄 번역해 나가며, 같은 행성 안에서 살아가는 우리 인간과 동등시 되는 한 생명을 눈여겨보게 되었다.

이 책에서 나오듯, 원래 이 지구에는 인간과 동물이 의사소통을 하며 함께 살아갔다고 한다. 그런데 어느 날 지구 안에 작은 틈이 생겼고, 그 사이를 넘어 서로 교류를 했는데 시간이 지나자 그 틈은 점점 커져서 뛰어넘을 수 없게 되었다고 한다. 인간과 동물이 완전히 반으로 갈라지는 순간에, 개가 위험을 무릅쓰고 그 넓은 틈을 뛰어넘어 인간이 있는 쪽으로 넘어 왔다고 한다. 그 이후부터 유일하게 개만

이 인간의 곁에서 함께 살아갔다고 한다. 개들의 인간을 향한 무조건적 사랑의 기원이 되는 신화 얘기가 아닌가 싶다.

이제는 지나가는 개만 보면 어느덧 내 머릿속에는 펩시와 스프라이트의 심성과 행동들이 그려진다. 호기심이 생기고 그들의 눈동자를 가만히 보게 된다. 무슨 생각을 하고 있을까? 저 개는 무슨 종이지? 주인이 있는 개인가? 몇 살이지? 그리고 알게 된 한 가지 사실이 있다. 개를 좋아하는 사람들은 참 마음이 따뜻한 존재들이라는 것이다

문득 한 친구가 떠올랐다. "너 꿈이 뭐니?" 라는 질문에 그는 서슴없이 "키우고 싶은 강아지들이랑 뛰어놀면서 사는 거."라고 대답해서 나를 어리둥절하게 만들었던 친구가 있었다. 그때는 참 그 친구의 꿈이 소박하다는 생각을 했었다. 그런데 살면서 그런 작은 꿈을 이루기가 제일 어렵다는 진리를 터득했다. 받는 사랑에만 익숙해져 있는 우리 인간들이, 개들이 주는 것과 같은 무조건적인 사랑을 할 마음의 여유를 갖기란 그리 쉬운 일이 아니라는 사실 말이다. 많은 사람들은 개에게 투자하는 돈과 똑 같은 액수의 돈을 사람에게 투자하면 그로 인해 돌려받을 수 있는 대가를 먼저 계산한다. 그러니 개를 위해 쓰는 시간과 돈은 마치 낭비와

사치라는 생각을 갖게 되는 것이다. 그건 실로 이기심으로 가득 찬 가치논리가 아닐까 생각한다.

이 책 〈굿바이 내 사랑 스프라이트〉가 개 애호가들에게는 서로의 감정을 공감하는 마음의 장소가 되고, 개 무관심증에 걸린 사람들에게는 그들의 닫힌 마음이 치유될 수 있는 좋은 약이 되길 바란다. 또한 자신의 반려견과 더욱 유대감을 맺게 해 주는 책이 되길 바란다.

2008년 5월

옮긴이 김소향

펴낸이의 글

  우리 아이가 어렸을 때 집에서 개를 키웠다. 국산 잡
종이었는데 우리는 그 개를 톰이라고 이름 붙였다. 톰은 젖
을 떼기도 전에 우리 집에 왔다. 젖비린내 나는 녀석이 얼
마나 식구들을 따르던지 정말 그 때는 톰이 우리 집안의 화
제의 전부였다. 그러나 그 개는 너무나도 무서운 속도로 자
랐고, 당시만 해도 아파트에서 개를 키우는 집을 별로 좋
게 보지 않을 때였기에 우린 눈물을 머금고 녀석을 처갓집
이 있는 춘천의 과수원에 갖다 주기로 결정했다. 과수원에
톰을 내려놓고 차를 타고나오는데 녀석이 과수원 입구까지
우리 불자동차(당시 나는 포니 엑셀 붉은 색을 타고 있었는
데 사람들은 우리 차를 불자동차라고 불렀다.)를 얼마나 열
심히 쫓아오는지 마음이 찢어지는 것만 같았다. 돌아오는
차안에서 우리 세 식구는 눈물을 펑펑 흘리면서 울었다. 그
후로 과수원만 가면 녀석은 어느 사이에 우리 차인지 알아
보고는, 정말 신통하게도 500m 쯤 되는 과수원 입구까지
나와서 우리를 맞아 주었다. 물론 지금 톰은 죽고 없다. 그
후로도 우리는 개를 두 마리 더 키웠는데 아직도 톰과의 추

억이 각별하다.

이 책을 읽으면서 난 미국의 애완견 입양 시스템에 놀랐다. 개를 입양하기 전에 산을 넘고 강을 건너 무려 다섯차례나 양부모 집을 찾아갔던 일, 개와 관련된 온갖 서류들, 그리고 데리고 와서도 잘 있는지 일일이 확인하는 시스템 말이다. 우리네처럼 그냥 물건 주고받듯이 인계하고 인수받는 장면이 너무나도 부끄럽게 생각되었다. 그래서 희망해본다. 이 책이 우리나라 사람들이 개에게 좀 더 따뜻한 배려를 해 주도록 만드는데 일조(一助)를 했으면 좋겠고, 미국처럼까지는 아니라도 개들도 하나의 인격체로 생각해주면 얼마나 좋을까하는 생각. 사치인가?

이 책을 선정하기 전에 영문으로 먼저 읽어 보았다. 그때도 짠한 감동이 있었다. 다시 번역된 문장을 교정보면서 서너 번을 읽었다. 더욱 진한 감동이 밀려왔다. 나는 마크 레빈씨의 심정이 되어 얼마나 울었는지 모른다. 이 책은 그야말로 감동의 연속이다.

아, 개와 사람의 사이에도 이런 진한 감동이 있을 수 있다니!

참 훌륭한 작품을 써 준 마크 레빈씨께 감사한다. 그리고 우리말로 아름답게 옮겨 준 김소향 자매에게도 감사한다. 그녀는 많은 책을 번역하는 사람이 아니다. 한 권 한 권 자기의 취향에 맞을 때만 번역하는, 식성이 좀 까다로운 번역 작가이다. 꼼꼼하게 교정 작업에 참여해 주신 한글학자 오정세님께 감사드린다. 선생님의 손을 거치면 한결 산뜻하고 세련된 문장이 되어 나온다. 이 책을 읽기 좋고 아름답게 만들어 준 콩디자인에도 감사를 표한다. 이 책이 나오기까지 함께 기도해 준 아내와 아들에게 사랑한다는 말을 전한다.

아무쪼록 이 책이 많은 사람들에게 사랑받는 책이 되길 희망해 본다.

2008년 6월

펴낸이 최대석

옮긴이 **김소향**

중앙대학교 청소년학과를 졸업한 후 LG그룹에서 근무하며 틈틈이 죽음, 이별 등을 주제로 한
책을 번역하고 있다. 대표적인 번역서로는 〈상실수업〉이 있다.

교정 **오정세**

서울대학교 국문과 졸업 / 시인 / 한글학자

굿바이 내사랑
스프라이트

초판 1쇄 발행 2008년 6월 5일

지 은 이 마크 레빈
옮 긴 이 김소향
펴 낸 이 최대석
펴 낸 곳 행복우물

디 자 인 콩디자인(02-714-7833)

등록번호 제307-2007-14호
등 록 일 2006년 10월 27일

주   소 136-060 서울 성북구 돈암동 609-1
          한신아파트 상가 동관 706호
전   화 02)921-0491
팩   스 02)921-0493
이 메 일 danielcds@naver.com

ISBN 978-89-959482-6-2
정가 9,500원

죽음 이후의 삶

디팩 초프라 지음 / 정경란 옮김 / 330쪽 / 13,000원 / 2007년 10월

　　인도 뉴델리 태생의 하버드대학교 의학박사 출신으로, 고대 인도의 전통 치유과학인 아르유베다와 현대의학을 접목하여, 정신-신체의학(Mind-Body Medicine)이라는 독특한 분야를 개척하였다. 현재 미국, 중국, 인도, 유럽, 호주 등 세계 각국을 돌면서 활발한 강연활동을 벌이고 있다. 캘리포니아의 라호야(La Jolla)에 있는 초프라행복센터(Chopra Center for Well-Being)의 대표이다.

주요저서
건강의 창조 / 늙지 않는 몸 / 조건 없는 삶 / 신과의 영원한 대화 / 영혼을 깨우는 100일간의 여행 / 풍요로운 삶을 위한 7가지 지혜 / 제3의 예수

목차

성공의 기술

빌 보그스 지음 / 최우수 옮김 / 284쪽 / 13,000원 / 2008년 4월

　　미국 NBC TV의 명 앵커 빌 보그스가 도널드 트럼프, 르네 젤위거, 리처드 브랜슨, 브룩 실즈 바비 브라운 등 40명의 명사들을 인터뷰하여 그들만의 성공 노하우를 밝힌 책이다. 이 책을 통하여 독자들은 그런 유명 인사들도 그들의 성공 이면에는 눈물겨운 실패가 있었다는 사실을 알게 될 것이다. 지칠 줄 모르는 일에 대한 열망, 사회 상류층에 진입하려는 눈물겨운 노력 등은 우리 독자들에게 다시 한 번 도전정신을 일깨워 주기에 충분하다.

　　이 책은 젊은 층, 특히 20대~30대의 여성들에게 좋은 성공길잡이가 될 것이다.

박정희 다시 태어나다

다니엘 최 지음 / 440쪽 / 13,000원 / 2007년 4월

이 책은 2002년의 서해교전 상황으로부터 시작된다. 박정희 대통령이 1979년에 암살되지 않고 천수(天壽)를 다하셨다면 대한민국이 어떻게 변했을까 하는 상상에서 출발하는 가상소설이자, 등장인물만도 200명이 넘는 대하드라마이다. 박 대통령이 만약 살아 계셨다면 우리나라는 지금쯤 세계 5위의 경제대국이 되었을 것이라는 가정을 통하여 우리는 자랑스런 대한민국 국민으로서의 자긍심을 가지게 될 것이다. 그리고 육영수 여사와 함께 행복한 노후를 꾸려가는 모습에서 우리가 늘상 그리워하던 두 분을 다시 만나게 될것이다. 특히 마지막 장면, 육영수 여사가 꽃상여에 실려서 떠나는 장면은 독자들의 눈시울을 적신다는 평이다.

이명박 효과

김대우 저 / 254쪽 / 12,000원 / 2008년 1월

무엇이 이명박 효과인가?

"우리나라를 변화시키는 힘, 국민 모두에게 희망을 품게 하는 힘, 이른 새벽부터 더 열심히 노력하는 근면 정신을 일깨워주는 힘, 기도하고 노력하면 모든 것이 이루어 질 수 있다는 자신감을 갖게 하는 힘, 사람들은 그 힘을 이명박 효과라고 부를 것이다."

이명박 효과는 시동이 늦게 걸린다!

가장 아름다운 편지

안문훈 저 / 240쪽 / 10,000원 / 2007년 10월

"호수처럼 넓어져야지, 푸르러야지, 깊이 있는 푸르름 이어야지. 호수처럼 빛나야지. 아무 때나 빛나는 것이 아 니라 햇빛이 비칠 때 부서지며 빛나야지. 사람들에게 호 수처럼 상큼한 바람을 많이 나누어 주어야지…"

화가이자 시인인 안문훈 화백이 자연을 벗 삼아 우 주님 예수그리스도를 찬미한 묵상집이다. 마치 비발디의 사계를 감상하는 것 같은 착각을 불러일으키는 아름다운 언어들로 가득 차 있다.